T0262419

El viento que arrasa

SELVA ALMADA
El viento que arrasa

RANDOM HOUSE

Papel certificado por el Forest Stewardship Council®

MIXTO
Papel | Apoyando la
silvicultura responsable
FSC® C117695

Penguin
Random House
Grupo Editorial

Primera edición: noviembre de 2021
Tercera reimpresión: mayo de 2024

© 2021, Selva Almada
Agencia Literaria CBQ
© 2021, Penguin Random House Grupo Editorial, S.A., Buenos Aires
© 2021, Penguin Random House Grupo Editorial, S.A.U., Barcelona

Printed in Spain – Impreso en España

ISBN: 978-84-397-3917-3
Depósito legal: B-15.080-2021

Impreso en Arteos Digital, S. L.

RH 3 9 1 7 A

Trae el viento la sed de todos estos años.
Trae el viento el hambre de todos los inviernos.
Trae el viento el clamor de las cañadas,
     el campo, el desierto.
Trae el viento el grito de las mujeres y los
     hombres hartos de las sobras de los patrones.
Viene el viento con la fuerza de los nuevos
     tiempos.
Ruge el viento, arma remolinos en la tierra.
Nosotros somos el viento y el fuego que
     arrasará el mundo con el amor de Cristo.

1

El mecánico tosió y escupió un poco de flema.

—Tengo los pulmones podridos —dijo pasándose la mano por la boca y volviendo a inclinarse bajo el capot abierto.

El dueño del auto se secó la frente con un pañuelo y metió su cabeza junto a la del hombre. Se ajustó los anteojos de fina montura y miró el amasijo de hierros calientes. Después miró al otro, interrogante.

—Va a haber que esperar a que estos fierros se enfríen un poco.

—¿Lo puede reparar?

—Calculo que sí.

—¿Y cuánto va a tardar?

El mecánico se irguió, le llevaba dos o tres palmos, y levantó la vista. Faltaba poco para el mediodía.

—Para la tardecita, calculo.

—Tendremos que esperar acá.

—Como guste. Comodidades no hay, ya ve.

—Preferimos esperar. Si Dios nos ayuda por ahí termina antes de lo que piensa.

El mecánico se encogió de hombros y sacó un atado de cigarrillos del bolsillo de la camisa. Le ofreció uno.

—No, no, Dios bendito. Lo dejé hace años. Si me permite, usted debería hacer lo mismo…

—La máquina de gaseosas no anda. Pero en la heladera deben quedar unas latas si quieren tomar algo.

—Gracias.

—Dígale a la señorita que baje. Se va a asar adentro del auto.

—¿Cómo era su nombre?

—Brauer. El Gringo Brauer. Y aquel es el Tapioca, mi ayudante.

—Soy el Reverendo Pearson.

Se estrecharon las manos.

—Voy a seguir con otras cosas hasta que pueda ocuparme de su coche.

—Vaya, por favor. No se preocupe por nosotros. Dios lo bendiga.

El Reverendo fue hasta la parte trasera del auto donde su hija Leni se había sentado, enfurruñada, en el espacio mínimo que dejaban las cajas repletas de biblias y revistas amontonadas sobre los asientos y el piso. Le golpeó la ventanilla. Leni lo miró a través del vidrio cubierto de polvo. Él tocó el picaporte, pero su hija había trabado la puerta. Le hizo señas para que bajara la ventana. Ella abrió unos centímetros.

—Va a llevar un rato hasta que lo arreglen. Bajá, Leni. Vamos a tomar algo fresco.

—Estoy bien acá.

—Hace mucho calor, hija. Te va a bajar la presión.

Leni volvió a cerrar la ventanilla.

El Reverendo abrió la portezuela del acompañante, metió la mano para quitar el seguro de la puerta trasera y la abrió.

—Bajá, Elena.

Mantuvo abierta la puerta del coche hasta que Leni bajó. Apenas ella se separó del vehículo, la cerró con un golpe.

La chica se acomodó la falda, pegada por el sudor, y miró al mecánico que la saludó con un movimiento de cabeza. Un muchacho que debía tener su edad, unos dieciséis años, los miraba con los ojos grandes.

El hombre mayor, a quien su padre le presentó como el señor Brauer, era un tipo muy alto, con unos bigotes colorados con forma de herradura que le bajaban casi hasta el mentón, vestía unos vaqueros engrasados y una camisa abierta en el pecho metida adentro del pantalón. Aunque era un hombre que ya debía tener cincuenta años conservaba un aire juvenil, seguramente por los bigotes y el cabello largo hasta donde empezaba el cuello de la camisa. El chico también llevaba unos pantalones viejos y con parches en las perneras, pero limpios; una remera desteñida y alpargatas. Su cabello, renegrido y lacio, estaba prolijamente cortado y tenía la cara lampiña. Los dos eran delgados, pero con el cuerpo fibroso de quien está acostumbrado a la fuerza bruta.

A unos cincuenta metros se levantaba la construcción precaria que hacía las veces de estación de servicio, taller y vivienda. Detrás del viejo surtidor de combustible había una pieza de ladrillos, sin revoque, con una puerta y una ventana. Hacia adelante, en ángulo, una especie de porche hecho con ramas y hojas de totora daba sombra a una mesa pequeña, a una pila de sillas de plástico y a la máquina de gaseosas. Un perro dormía bajo la mesa, sobre la tierra suelta y, cuando los oyó acercarse, abrió un ojo amarillo y chicoteó la cola sobre el suelo, sin moverse.

—Dales algo de tomar —le dijo Brauer al chico que sacó unas sillas de la pila y les pasó un trapo para que ellos pudieran sentarse.

—¿Qué querés tomar, hija?

—Una coca cola.

—Para mí estará bien un vaso de agua. El más grande que tengas, hijo —pidió el Reverendo mientras se sentaba.

El chico pasó a través de las tiritas de plástico de la cortina y desapareció en el interior.

—El coche estará listo a la tardecita, si Dios quiere —dijo el Reverendo secándose la frente con el pañuelo.

—¿Y si no quiere? —respondió Leni poniéndose los auriculares del walkman que siempre llevaba enganchado en la cintura. Apretó play y su cabeza se llenó de música.

Cerca de la casa, hasta casi llegando a la banquina, se amontonaba un montón de chatarra: carrocerías de autos, pedazos de maquinarias agrícolas, llantas, neumáticos apilados: un verdadero cementerio de chasis, ejes y hierros retorcidos, detenidos para siempre bajo el sol abrasador.

2

Luego de varias semanas de recorrer la provincia de Entre Ríos —fueron bajando desde el norte por el margen del río Uruguay hasta Concordia y allí agarraron la ruta 18, atravesando la provincia justo por el medio hasta Paraná—, el Reverendo decidió seguir viaje hasta Chaco.

Se quedaron un par de días en Paraná, su ciudad natal. Aunque ya no tenía ni parientes ni conocidos pues se había ido de muy joven, cada tanto le gustaba pasar por allí.

Pararon en un hotelucho cerca de la antigua terminal de ómnibus, un sitio pequeño y deprimente con vista a la zona roja. Leni se entretenía mirando por la ventana el ir y venir cansado de prostitutas y travestis, vestidas con la ropa suficiente como para casi no tener que desvestirse cuando aparecía un cliente. El Reverendo, siempre metido en sus libros y sus papeles, no tenía ni idea de dónde estaban.

Aunque no tuvo el valor de ir a ver la casa de sus abuelos, donde había nacido y se había criado junto a su madre, los dos solos —su padre, un aventurero norteamericano se había esfumado antes de su nacimiento con los pocos ahorros de sus suegros—, llevó a Leni a conocer un viejo recreo a orillas del río.

Pasearon entre los árboles añosos y vieron las marcas del agua en los troncos, muy arriba en los más cercanos a la orilla; algunos todavía tenían en las ramas más altas restos de resaca de alguna inundación. Almorzaron sobre una mesa de piedra y el Reverendo dijo que, de niño, había venido varias veces con su madre.

—Este lugar era muy distinto —dijo dándole una mordida al sándwich—. Los fines de semana se llenaba de gente. Ahora está descuidado.

Siguió comiendo y miró con nostalgia los bancos rotos, el pasto crecido y la basura que habían dejado los paseantes del fin de semana anterior.

Cuando terminaron de comer el Reverendo quiso meterse más adentro en el parque, dijo que había dos piletas de natación y quería ver si seguían allí. Al rato las encontraron. Por los bordes de cemento partido asomaban pedazos de hierro; los azulejos que tapizaban las paredes interiores estaban sucios de barro y faltaban varios aquí y allá como si las piscinas, de viejas, hubieran perdido buena parte de sus dientes. El fondo era un pequeño pantano, un gran criadero de mosquitos y sapos que se escondían entre las plantas que crecían en el limo.

El Reverendo suspiró. Muy lejos habían quedado los días en que él y otros niños de su edad saltaban desde el trampolín y tocaban con los pies el fondo azulejado, dándose el impulso para romper con las cabezas la superficie clara del agua.

Se metió las manos en el bolsillo del pantalón y empezó a caminar lentamente por el borde de una de las piletas con la cabeza gacha y los hombros caídos. Leni miró la espalda encorvada de su padre y sintió un poco de pena. Supuso que estaría recordando días más felices, los días de la infancia, las tardes de verano pasadas en aquel sitio.

Pero enseguida dejó de tenerle lástima. Por lo menos él podía volver a lugares llenos de recuerdos. Podía reconocer un árbol y reconstruir el día en que él y sus amigos lo habían escalado hasta la copa. Podía recordar a su madre desplegando un mantel a cuadros sobre cualquiera de esas mesas ahora destruidas. En cambio ella no tenía paraísos perdidos adonde volver. Hacía muy poco que había dejado la infancia, pero su memoria estaba vacía. Gracias a su padre, el Reverendo Pearson y su bendita misión, sus recuerdos de la niñez eran el interior del mismo coche, las habitaciones miserables de cientos de hoteles todos iguales, el rostro de decenas de niños que no llegaba a tratar el tiempo suficiente como para echarlos de menos al partir, una madre cuya cara casi no recordaba.

El Reverendo terminó de dar la vuelta completa y llegó justo a donde su hija seguía de pie, dura como la mujer de Lot, implacable como las siete plagas.

Leni vio que a su padre le brillaban los ojos y le dio la espalda rápidamente.

—Vamos. Este lugar apesta, padre.

3

Tapioca volvió con las bebidas: la botellita de coca cola para Leni y el vaso de agua para el Reverendo. Se las alcanzó y se quedó parado como un mozo demasiado solícito.

Pearson se tomó todo el vaso de un solo trago. Aunque el agua estaba tibia y tenía un color dudoso, el Reverendo la recibió como si fuese del manantial más puro. Si Dios la puso en la tierra, tiene que ser buena, decía siempre.

Le dio el vaso vacío al ayudante que lo apretó entre las dos manos sin saber qué hacer con él. Se balanceaba apoyándose primero en un pie, luego en el otro.

—¿Vas a la iglesia, muchacho? —preguntó el Reverendo.

Tapioca negó y agachó la cabeza, avergonzado.

—Pero sos cristiano.

El chico dejó de balancearse y se quedó con la vista clavada en la punta de sus alpargatas.

Al Reverendo le brillaron los ojos. Se puso de pie y caminó hasta quedar frente a Tapioca. Se inclinó un poco buscándole la cara.

—¿Estás bautizado?

Tapioca levantó la vista y el Reverendo se vio reflejado en los ojos grandes y oscuros, húmedos como los de un cervatillo. Las pupilas del muchacho se contrajeron con un atisbo de curiosidad.

—Tapioca —llamó Brauer—. Vení. Te necesito acá.

El muchacho le devolvió el vaso al Reverendo y se fue corriendo a donde estaba su patrón. Pearson levantó el vaso grasiento y sonrió. Esa era su misión en la tierra: fregar los espíritus mugrientos, volverlos prístinos y llenarlos con la palabra de Dios.

—Dejalo en paz —dijo Leni que había seguido atentamente la escena mientras bebía su coca cola con tragos cortitos.

—Dios nos pone exactamente donde debemos estar, Elena.

—Donde debemos estar es en casa del pastor Zack, padre.

—Sí, eso será después.

—¿Después de qué?

Su padre no le contestó. Ella tampoco insistió,

no tenía ganas de pelear con él ni de saber nada de sus planes misteriosos.

Observó que Brauer le daba algunas órdenes a Tapioca y que el chico se subía a una vieja camioneta. Mientras él guiaba el volante, el Gringo empujó el vehículo, dificultosamente, unos doscientos metros hasta meterlo debajo de la sombra de un árbol.

Cuando la depositó donde quiso, se desplomó sobre el suelo de tierra, se quedó con los brazos abiertos y la boca abierta entrando aire caliente en los pulmones. El corazón, adentro del pecho, parecía un gato en una bolsa. Miró los pedacitos de cielo que se colaban por la copa rala del árbol.

Brauer supo ser un hombre muy fuerte. A los veinte años se pasaba una cadena sobre la espalda desnuda y tiraba de un tractor, sin esfuerzo, para divertirse con otros muchachos de su edad.

Ahora tiene tres décadas más y es una sombra del joven Hércules que gozaba exhibiendo su inmensa fortaleza.

Tapioca se inclinó sobre él.

—Eh, jefe. ¿Está bien?

Brauer levantó un brazo para indicarle que sí, pero no pudo hablar todavía, apenas juntó la fuerza suficiente para sonreír y levantar también el pulgar.

Tapioca se rio, aliviado, y fue corriendo a la estación de servicio en busca de un poco de agua.

Por el rabillo del ojo, el Gringo vio las alpargatas de su ayudante levantando polvareda, las patas zambas del chico que corría con torpeza como si fuese un niño y no casi un hombre.

Volvió a mirar el cielo retaceado por el árbol. Tenía la camisa empapada y sentía el sudor que le llenaba el ombligo y cuando el ombligo se llenaba, rebalsaba y caía por los costados de la panza. De a poco la respiración se acompasó; el corazón dejó de bambolearse adentro de la caja torácica, volvió a encontrar su lugar entre los huesos. Entonces llegó el impulso de la tos, que lo sentó de golpe, la boca se le llenó de flema. El Gringo escupió todo lo lejos que pudo. Buscó un cigarrillo y lo encendió.

4

Luego del paseo por ese parque que visitaba de niño, el Reverendo se metió en un locutorio y llamó al pastor Zack. Escuchar su voz lo confortó. Era un buen amigo y ya iban para tres años de no verse.

—Mi querido amigo, alabado sea Jesús —tronó Zack del otro lado de la línea.

Zack era un hombre alegre y lleno de vida, siempre era bueno tenerlo cerca.

—El buen Jesús sonríe cuando escucha tu risa —le decía siempre el Reverendo y él soltaba una de sus carcajadas cosacas, lo único que conservaba de sus tiempos de embriaguez pues el buen Zack había sabido beber como el buen cosaco que era. Todo aquello había quedado atrás con la ayuda de Cristo. A veces miraba sus manos, grandes y cuadradas, fuertes como dos palas mecánicas. Esas habían azotado mujeres. Entonces, cuando recordaba, Zack solía ponerse a llorar como un chico, con las manos colgando del cuerpo, no atreviéndose a llevárselas al rostro, temeroso de que las viejas manos mancillaran su remordimiento.

—Me las cortaría si pudiera —le había dicho una vez al Reverendo—, pero serían veneno hasta para un perro.

El Reverendo había tomado aquellas manos entre las suyas y las había besado.

—Estas manos son dignas de lavar los pies de Cristo —le había dicho.

Hablaron un rato por teléfono contándose las últimas novedades. El pastor Zack había sido padre nuevamente, él y Ofelia habían tenido a su cuarto hijo, un niño llamado Jonás. Pero la noticia que lo tenía al pastor transportado de dicha era la del templo recién terminado. Otro mojón de Cristo levantado en las entrañas del monte, en la zona del río Bermejito, en una comunidad aborigen.

Zack parloteaba sin parar. El Reverendo, sentado en la pequeña banqueta de la cabina, asentía y sonreía como si su interlocutor pudiese verlo. En un momento, el pastor lanzó una exclamación y dio un golpe sobre la mesa, el sonido llegó tan nítido que parecía que Zack estaba al lado.

—Pero, claro —dijo—, tenés que venir. Será un gran honor. Mi templo, nuestro templo, no estará terminado realmente hasta que subas al estrado. Ah, un sermón tuyo enmudecerá hasta a las aves del monte. Y te aseguro que esas criaturitas de Dios no cierran el pico ni cuando duermen. No voy a aceptar una negativa. Ah, querido Reverendo, mi corazón no cabe adentro de mi pecho. ¿Vendrás, verdad? Ofelia, Ofelia —llamó el pastor.

—Iré, claro, tengo que arreglar unas cosas —balbuceó el Reverendo.

—Alabado sea Jesús, qué noticia más hermosa. Ofelia, Pearson vendrá a visitarnos ¿no es maravilloso? —Zack soltó una risotada—. Ofelia está bailando de contenta, si la vieras. Les está enseñando a cantar a los niños de la comunidad, ya vas a escucharlos, no sabés qué coro más dulce. Leni también podría cantar. ¿Vendrás con ella, verdad? Ofelia, vendrá Leni también, bendita sea. Ofelia la adora. ¿Está ella ahí? Me gustaría saludarla.

—No, no. Leni no está ahora acá, pero le daré tus saludos. Ella también estará contenta de verlos.

Hablaron un rato más y prometió su llegada en los próximos días.

El Reverendo Pearson es un gran orador. Sus sermones son siempre memorables y goza de una gran reputación dentro de su iglesia.

Cuando el Reverendo sale a escena, siempre imprevistamente, como si, en bambalinas, acabase de luchar cuerpo a cuerpo con el Demonio para poder llegar hasta el escenario, la gente enmudece.

El Reverendo baja la cabeza, alza ligeramente los brazos, primero con las palmas abiertas hacia el frente, después hacia arriba. Se queda así un rato, enseñando a los fieles su coronilla calva, brotada de sudor. Cuando levanta la cabeza, da dos pasos al frente y mira a su auditorio. Mira de tal manera que aunque uno esté en la última fila siente, sabe, que el Reverendo lo está mirando. (¡Es Cristo quien te mira!) Comienza a hablar. (¡Es la lengua de Cristo la que se mueve adentro de su boca!) Los brazos empiezan su coreografía de ademanes, lentas al principio solo se mueven las manos, como si estuviese acariciando las frentes agobiadas. (¡Son las yemas de Cristo en mi sien!) Se suma de a poco el movimiento de brazos y antebrazos. El torso permanece inmóvil, pero ya se puede adivinar cierto movimiento en su vientre. (¡Es la llama de Cristo la que crepita en sus entrañas!) Se desliza hacia un costado: uno, dos, tres pasos, los índices hacia el frente, señala a todos y a ninguno. Vuelve al centro: cuatro, cinco, seis. Siete, ocho, nueve, se desliza hacia el otro costado. Los índices señalan a todos y a ninguno. (¡Es el dedo de Cristo que te señala!) Vuelve al centro y empieza a caminar por el pasillo. Ahora sus movimiento, hasta los dedos adentro de los zapatos. Se arranca el saco y la corbata. Todo esto sin dejar de hablar ni un segundo. Porque a partir del momento en que el Reverendo alza la cabeza y mira al auditorio no dejará de moverse la lengua de Cristo adentro de su boca. Camina por el pasillo, avanza y retrocede, llega hasta la puerta de salida y vuelve sobre sus pasos, tiene los ojos cerrados y los brazos abiertos, las manos se mueven como radares buscando al más miserable de todos. El Reverendo no necesita ver. Cristo le dictará en el momento oportuno quién es el primero que debe llevarse al escenario.

Agarra al boleo la muñeca de una mujer que llora y tiembla como una hoja. Aunque la mujer siente que los miembros no le responden, el Reverendo la arrastra, la lleva en vilo como el viento a una hoja. La para en el frente. La mujer tiene sesenta años y el vientre hinchado como una preñada. El Reverendo se arrodilla frente a ella. Apoya su cara en la panza. Por primera vez dejará de hablar. La boca se abre. La mujer siente la boca abierta, los dientes del Reverendo mordiendo la tela del vestido. El Reverendo se contorsiona. Los huesillos de su espina dorsal se mueven como una serpiente debajo de la camisa. La mujer no puede dejar de llorar. A las lágrimas se suman mocos y babas. Abre los brazos, la carne le cuelga floja. La mujer grita y todos gritan con ella. El Reverendo se pone de pie y gira hacia el público. Tiene la cara roja y sudada y algo agarrado entre los dientes. Escupe un colgajo negro y viscoso que huele como el Demonio.

5

—Demos gracias —dijo el Reverendo.

Tapioca y el Gringo detuvieron los tenedores cargados de comida a medio camino entre el plato y la boca.

—Si me permiten —dijo el Reverendo.

El Gringo lo miró y enterró el cubierto en el arroz.

—Adelante.

El Reverendo entrelazó las manos y las apoyó en el borde de la mesa. Leni hizo lo mismo y bajó la vista. Tapioca miró al Gringo y miró a los invitados y también cruzó sus manos. Brauer dejó las suyas a los lados del plato.

—Señor, bendice estos alimentos y esta mesa. Gracias buen Jesús por haber puesto a estos amigos en nuestro camino. Alabado seas.

El Reverendo sonrió.

—Ahora sí —dijo.

Los cuatro cargaron sobre la comida: abundante

arroz y unos trozos de carne fría que les habían quedado de la cena. Todos tenían hambre, así que por un rato solo se escuchó el sonido de los cubiertos contra los platos enlozados. Tapioca y Brauer comían con prisa, como si estuviesen jugando una carrera a ver quién terminaba antes. El Reverendo y Leni eran más pausados. Él le había enseñado a Leni que había que masticar muy bien los alimentos antes de tragarlos: la buena masticación favorece una buena digestión.

—¿Hace mucho que vive aquí? —preguntó Pearson.

—Bastante —dijo el Gringo tragando y limpiándose la boca con el dorso de la mano antes de tomar un trago de vino con hielo—. Este sitio era de mi padre. Anduve muchos años vagando de acá para allá, trabajando en las desmotadoras, en la cosecha, en lo que viniera. Moviéndome de un lado a otro. Hará unos diez años me instalé acá definitivamente.

—Es un lugar solitario.

—Me gusta estar solo. Aparte ahora lo tengo al Tapioca, ¿no, chango?

—¿Hace mucho que trabajás con el señor Brauer?

Tapioca se encogió de hombros y pasó el pan por el fondo del plato, dejándolo reluciente.

—Es medio chúcaro mi compañero —dijo el Gringo—. Hasta que entra en confianza, ¿no, chango?

El mecánico terminó de comer, cruzó los cubiertos y se echó para atrás en la silla con las manos sobre el abdomen hinchado.

—¿Y qué hay de ustedes? Me dijo que van con rumbo a Castelli.

—Sí, vamos a ver al pastor Zack. ¿Lo conoce?

—Zack. No creo —el Gringo prendió un cigarrillo—. Conocí un Zack, de chango, laburando en Pampa del Infierno. Pero ese no tenía nada de hombre de Dios. Era bravo el ruso. Peleador. Liero como él solo. Por acá hay muchos evangelios.

—Sí, hay muchas iglesias protestantes en la zona. La nuestra, gracias a Dios, ha crecido bastante en los últimos años. El pastor Zack ha hecho una labor maravillosa en ese sentido.

Se quedaron en silencio. Brauer terminó su vino y agitó el vaso haciendo sonar los últimos pedacitos de hielo.

—Igual no crea. Su amigo, ese que usted dice, él también puede entrar al Reino de los Cielos. Todos podemos —dijo el Reverendo.

—¿Y cómo es? —preguntó Tapioca con la mirada esquiva.

—¿El Reino de los Cielos?

—Ven que te mostraré a la esposa del Cordero —se adelantó Leni a su padre. No había dicho una sola palabra desde que bajó del auto así que todos la miraron—. Me llevó en espíritu a una montaña de enorme altura y me mostró la ciudad santa, Jerusalén, que descendía del cielo y venía de Dios. La gloria de Dios estaba en ella y resplandecía como la más preciosa de las perlas, como una piedra de jaspe cristalino. Estaba rodeada por una muralla de gran altura. La muralla había sido construida con jaspe y la ciudad con oro puro. Los cimientos de la muralla estaban adornados con toda clase de piedras preciosas. La plaza de la ciudad era de oro puro, transparente como el cristal. Después el ángel me mostró un río de agua de vida que brotaba del trono de Dios y del Cordero, en medio de la plaza. A ambos lados del río, había árboles de vida que fructificaban doce veces al año y sus hojas servían para curar a los pueblos. —Sonrió. —Era así, ¿no, padre?

—¿Todo eso es de veras? —preguntó Tapioca, maravillado por el relato.

—Claro que no. Es metafórico —dijo Leni burlona.

—Elena —amonestó el Reverendo—. El Reino de los Cielos es el lugar más hermoso que puedas imaginarte, muchacho. Estar en la gracia de Dios. Ni todos los tesoros del mundo pueden compararse. ¿Usted es creyente, señor Brauer?

El Gringo se sirvió un poco más de vino y encendió un nuevo cigarrillo.

—No tengo tiempo para esas cosas.

El Reverendo sonrió y lo miró fijo.

—Vaya. Y yo no tengo tiempo para otra cosa.

—Cada uno sabrá —dijo poniéndose de pie—. Levantá la mesa, chango —le ordenó a Tapioca, que se había quedado pensativo, haciendo bolitas con la miga del pan y poniéndolas en fila delante suyo.

Al chico se lo trajo su madre, una tarde. Entonces tendría unos ocho años. Vinieron en un camión que los levantó en Sáenz Peña. El camionero, que iba para Rosario, cargó combustible, revisó los neumáticos y pidió una cerveza. Mientras el conductor bebía a la sombra del porche y el chico se entretenía con los perros, la mujer se acercó a Brauer, que limpiaba las bujías de un coche que tenía para arreglar. Cuando vio que se le arrimaba, pensó que andaría buscando el baño; apenas había reparado en ella.

Sin embargo ella no quería un baño, sino hablar con él y así se lo dijo.

—Quiero hablar con vos.

Brauer la miró sin dejar de hacer lo que estaba haciendo. Ella tardó en empezar y él pensó que se trataría de una prostituta. Era bastante corriente que los camioneros de viajes largos llevaran mujeres así de un lado a otro y las aguantaran mientras ellas se hacían una changa. Tal vez después compartían el dinero.

Viendo que no arrancaba, el Gringo dijo:

—Vos dirás.

—No te acordás de mí.

Brauer la miró con más atención. No, no la recordaba.

—No importa —dijo ella—, nos conocimos hace mucho y por poco tiempo. Cuestión que aquel es hijo tuyo.

El Gringo dejó las bujías en un tarro y se limpió las manos con un trapo. Miró adonde ella había señalado.

El chico había agarrado una rama. Un extremo estaba en la boca de uno de los perros y él tiraba del otro lado; los otros perros saltaban a la vuelta del chico esperando que les tocara el turno de jugar con él.

—No muerden ¿no? —preguntó ella preocupada.

—No, no muerden —respondió Brauer.

—Cuestión que no puedo seguir criándolo. Me voy para Rosario a buscar trabajo; con el chango es más difícil. Todavía no sé dónde voy a parar. No tengo con quién dejarlo.

El Gringo terminó de limpiarse las manos y se metió el trapo en el cinturón. Prendió un cigarrillo y le ofreció uno a la mujer.

—Yo era hermana de Perico. Ustedes trabajaron juntos en la desmotadora de Dobronich, en Machagai, si te acordás.

—Perico. ¿Qué es de la vida?

—Hace años que no se sabe nada. Se fue para Santiago, a trabajar allá, y no volvió más.

El chico se había tirado al piso y los perros le hociqueaban las costillas buscando la rama que tenía escondida debajo de su cuerpo. Se reía como un descosido.

—Es un buen changuito —dijo la mujer.

—¿Cuánto tiene?

—Va para nueve. Es obediente y sanito. Está bien criado.

—¿Trajo ropa?

—Tengo un bolsito en el camión.

—Tá bien. Dejalo —dijo y tiró la colilla de un tincazo.

La mujer asintió.

—Se llama José Emilio, pero le decimos Tapioca.

Cuando el camión se puso en marcha y empezó a subir lentamente hacia la ruta, Tapioca se puso a llorar. Quieto en su sitio, abrió la boca sacando un berrido y las lágrimas le corrieron por la cara sucia de tierra, dejando surcos. Brauer se agachó para quedar a su altura.

—Vamos, chango, vamos a tomar una coca y a darle de comer a estos perros.

Tapioca dijo que sí con la cabeza, sin perder de vista el camión que ya había trepado completamente al camino, con su madre adentro, alejándose para siempre.

El Gringo Brauer agarró el bolsito y empezó a caminar hacia el surtidor. Los perros, que habían subido la banquina persiguiendo el camión, empezaron a bajar con la lengua afuera. El chico se sorbió los mocos, dio media vuelta y corrió atrás del Gringo.

Tapioca empezó a recoger la mesa y Leni se levantó para ayudarlo.

—Dejame a mí —dijo sacándole los cubiertos que tenía en la mano. Rápidamente apiló los platos y los vasos—. Decime dónde puedo lavarlos.

—Por acá.

Leni lo siguió hasta la parte de atrás de la casita, hasta una pileta de cemento con una canilla. A medida que iba lavando le alcanzaba las cosas a Tapioca. La vajilla mojada fue formando una pila sobre sus brazos.

—¿Tenés un repasador?

—Adentro.

Entraron a la única habitación. Estaba oscuro y a Leni le llevó unos minutos acostumbrar la vista a la penumbra. De a poco los bultos fueron tomando forma: una cocina con garrafa, una heladera, una mesita, unos estantes clavados a la pared, dos catres y un ropero. El piso era de cemento vivo y estaba limpio.

Tapioca dejó las cosas sobre la mesa y agarró un trapo. Leni se lo sacó y se puso a secar.

—Vos que sabés dónde van las cosas, guardá —dijo.

Hicieron el trabajo en silencio. Ahí adentro hacía mucho calor. Cuando secó el último tenedor, Leni sacudió el trapo y lo colgó del borde de la mesa.

—Listo —dijo sonriendo satisfecha.

Tapioca se pasó las manos por las perneras del pantalón, incómodo.

Leni casi nunca realizaba tareas domésticas porque ella y su padre no tenían hogar. A su ropa la mandaban al lavadero, en el comedor otros recogían su mesa y lavaban sus platos, en el hotel otros hacían sus camas. Así que estos quehaceres que, para otra chica, podían resultar un fastidio, para ella comportaban cierto placer. Era como jugar al ama de casa.

—¿Y ahora? —preguntó.

Tapioca se encogió de hombros.

—Vamos afuera —dijo.

Salieron y, otra vez, la vista de Leni tuvo que acostumbrarse a la rabiosa luz del sol en las primeras horas de la tarde.

El Reverendo dormitaba sobre la silla, así que Leni se puso el índice sobre los labios indicándole a Tapioca que no lo despertase. Salió del porche y lo llamó con una seña. El muchacho la siguió.

—Vamos debajo de aquel árbol —dijo.

Tapioca fue tras ella. Nunca había estado en compañía femenina como no fuera de niño, cuando vivía con su madre. Otro muchacho se hubiera retobado, se hubiera creído que la chica lo estaba llevando de las narices.

Se sentaron debajo del árbol más frondoso que encontraron. Igual, el viento caliente lo envolvía todo en un sopor infernal.

—¿Te gusta la música? —preguntó Leni.

Tapioca se encogió de hombros. Disgustarle no le disgustaba. Ahora gustarle, no sabía. La radio siempre estaba puesta y a veces el Gringo le subía el volumen a tope cuando pasaban uno de esos chamameces maceta, que se escuchaban bien alegres. El Gringo siempre acompañaba con un sapucay y hasta hacía algunos pasos de baile. A Tapioca le daba gracia. Ahora que se ponía a pensar a él le gustaban más los otros, los tristones, que hablaban de aparecidos y amores trágicos. Esa música sí que era bien bonita, hacía que el corazón se le arrugara a uno. No daban ganas de bailarla si no de quedarse quieto, mirando hacia la ruta.

—Ponete esto en la oreja —dijo Leni y le metió el pequeño auricular en el oído. Ella hizo lo mismo con el otro. Tapioca la miró. La chica sonrió y apretó un botón. La música, al principio, lo sobresaltó: nunca la había escuchado tan cerca, parecía que sonara adentro de los sesos. Ella cerró los ojos y él hizo lo mismo. Enseguida se acostumbró a la melodía, ya no parecía algo que viniese de afuera. Era como si la música brotase mismo de las entrañas.

6

El auto se había descompuesto pasando Gato Colorado. A Leni le había causado gracia el nombre y, sobre todo, los dos gatos de cemento, pintados de rojo furioso, sentados sobre dos pilares a la entrada del pueblo, ubicado en la frontera entre Santa Fe y Chaco.

Había empezado a hacer unos ruidos feos muchos kilómetros antes, cuando llegaron a Tostado donde pasaron la noche en un hotelito.

Leni le había dicho que lo hicieran revisar antes de volver a salir, pero el Reverendo no la había escuchado.

—Este coche no nos va a dejar a pie. El buen Señor no lo va a permitir.

Leni, que conducía desde los diez años y solía relevar a su padre al mando del vehículo, sabía cuándo un ruido era solo un ruidito y cuándo un llamado de atención.

—Mejor lo hacemos ver por un mecánico antes

de salir —había insistido mientras tomaban un café en un bar esa mañana temprano—. Podemos preguntar acá por alguno que sea bueno y barato.

—Si lo llevamos nos van a tener todo el día dando vueltas. Tengamos fe. A ver ¿cuándo se nos quedó este auto, decime?

Leni se quedó callada. No tenía caso discutir. Siempre terminaban haciendo lo que él quería que, según su entendimiento, es lo que Dios espera de ellos.

A dos horas de camino el coche soltó un último bufido y se detuvo. El Reverendo intentó ponerlo en marcha, pero no hubo caso. Leni miró por el parabrisas sucio de bichitos la ruta que se perdía adelante y sin desviar la vista, pero en voz clara y firme dijo:

—Te lo dije, padre.

Pearson bajó del auto, se quitó el saco, lo dejó sobre el respaldo del asiento, cerró la puerta, se arremangó la camisa, caminó hasta la trompa y abrió el capot. Un chorro de humo lo hizo toser.

Leni, ahora, solo podía ver la chapa cromada y humo o vapor saliendo por los costados. Enseguida vio pasar a su padre por su lado, lo escuchó abrir el baúl y mover las valijas. Dos valijas grandes y maltrechas, aseguradas con correas de cuero, donde llevaban todas sus pertenencias. En la de él: seis camisas, tres trajes completos, un sobretodo, camisetas, medias, ropa interior, otro par de zapatos. En la de ella: tres camisas, tres polleras, dos vestidos, un tapado, ropa interior, otro par de zapatos. El Reverendo volvió a cerrar el baúl con un golpe.

Leni bajó del auto. El sol estaba picante y recién eran las nueve de la mañana. Se soltó los dos primeros botones de la camisa, rodeó el auto y encontró a su padre colocando las balizas. Miró las balizas y miró la ruta completamente desierta. Desde Tostado hasta acá no se habían cruzado con nadie.

—De un momento a otro va a pasar algún buen samaritano —dijo el Reverendo poniéndose las manos en la cintura y sonriendo pletórico de fe.

Ella lo miró.

—El buen Jesús no nos va a abandonar en este trance —dijo él y se masajeó los riñones destrozados por tantos años de manejo.

Leni pensó que si un buen día el buen Jesús acertaba a bajar del Reino de los Cielos para atender sus percances mecánicos el primero en caerse de culo sería el Reverendo. Más que eso, se haría pis encima.

Caminó unos pasos por la ruta llena de grietas y de baches, sus tacos resonaron sobre el concreto.

Este sí parecía un sitio abandonado por la mano de los hombres. Paseó la vista por el paisaje de árboles achaparrados, secos y retorcidos, los pastos pinchudos que cubrían los campos. Desde el mismo día de la Creación este había sido un sitio abandonado por la mano de Dios. De todos modos estaba acostumbrada. Toda su vida había transcurrido en lugares así.

—No te alejes —gritó su padre.

Leni levantó un brazo para hacerle saber que lo había escuchado.

—Y salí de la ruta a ver si viene alguien y tenemos un accidente.

Leni se rio para sí. A menos que la atropellase una liebre. Encendió el walkman y trató de sintonizar alguna radio. Nada. Solo electricidad vagando por el aire. Ruido blanco, uniforme.

Al cabo de un rato, volvió y se apoyó en el baúl del coche, al lado de su padre.

—Metete en el auto. El sol está bravo —dijo el Reverendo.

—Estoy bien.

Lo miró de reojo. Se lo veía un poco abatido.

—Ya va a pasar alguien, padre.

—Sí, claro. Tengamos fe. Este no es un camino muy transitado.

—No te creas. Allá adelante vi dos cuises. Volaban sobre el asfalto para no quemarse las patas —Leni se rio y el Reverendo también.

—Ay, hija. He sido muy bendecido por Jesús —dijo y le palmeó la mejilla.

Eso quería decir que estaba muy contento de tenerla con él, pensó Leni, pero nunca podía decirlo así, directamente: siempre tenía que meter a Jesús en el medio. En otro momento esa expresión de cariño a medias la hubiese irritado, pero ahora lo veía a su padre vulnerable y le daba un poco de pena. Sabía que, aunque no lo reconociera, estaba avergonzado por no haberle hecho caso. Parecía un chico que metió la pata.

—Padre ¿cómo era ese versito del Diablo y la hora de la siesta?

—¿Eh? ¿Versículo?

—No. Versito. Poemita. A ver, pará, era gracioso.

—Elena, no me gusta que hables del Demonio así como si tal cosa.

—Shhh. Pará que lo tengo en la punta de la lengua. A ver. Escuchá. "Arma sus trampas/ te va a atrapar/ tira su anzuelo/ te va a pescar/ prepara su arma/ te va a cazar/ es Satán, es Satán, es Satán."

Leni soltó una carcajada.

—Era más largo, pero no me acuerdo.

—Elena, te tomás todo a la chacota. El Demonio no es cosa de risa.

—Pero si es una canción.

—No sé qué canción es esa.

—Pero si la cantaba siempre cuando era chica.

—Basta, Elena. Inventás cada cosa con tal de mortificarme.

Leni meneó la cabeza. No estaba inventando nada. Esa canción existía. Claro que existía. Entonces, de repente, recordó una escena en el auto, en el playón de una estación de servicio. Su madre y ella, sentadas en el asiento trasero, lo recitaban chocando las palmas como dos compañeras de juego, aprovechando que él estaba en el baño.

—Mirá. Allá. Alabado sea Dios —gritó el Reverendo y dio dos zancadas hasta pararse en el medio de la ruta, agitando los brazos al punto metálico y luminoso que se movía, veloz, entre el vapor que se levantaba del asfalto hirviente.

La camioneta clavó los frenos al lado del Reverendo. Roja, con los parachoques cromados y los vidrios oscuros.

El conductor bajó la ventanilla del lado del acompañante y la bola de sonido del pasacasete salió como un estallido, la onda expansiva de la cumbia obligó al Reverendo a dar un paso atrás. El hombre se asomó y sonrió y dijo algo que no pudieron escuchar. Volvió a desaparecer en el interior fresco de la cabina y tocó algo y la música cesó de golpe. Reapareció. Tenía lentes espejados y piel curtida, con barba de algunos días.

—¿Qué pasó, chamigo?

El Reverendo apoyó las manos en la ventanilla, acercándose para hablarle, todavía aturdido por la música.

—Se nos descompuso el auto.

El hombre bajó por su lado. Vestía ropa de trabajo que contrastaba con su moderno e impecable vehículo. Se acercó al coche y echó un vistazo debajo del capot que seguía levantado.

—Si quiere le puedo remolcar hasta lo del Gringo.

—No somos de por acá.

—El Gringo Brauer tiene un taller a pocas leguas. Él se lo va arreglar seguro. Le llevaría al pueblo, pero hoy sábado y con semejante calor, difícil que encuentre alguien que le dé una mano. Se han ido todos a Paso de la Patria o al Bermejito buscando la fresca. Mismo yo: llego a la casa, agarro el reel, cargo unos compinches y hasta el lunes, encontrame si sos bueno.

El hombre se rio.

—Bueno. Si nos hace el favor.

—Pero claro, chamigo. No les voy a dejar a pata acá, en el medio de la nada. Ni las ánimas se le animan a esta calor.

Subió a la camioneta y la condujo hasta delante del coche. Bajó, sacó de la caja un cable de acero y amarró el paragolpes del auto a su camioneta.

—Vamos, chamigo. Suban que adentro con el aire está que da gusto.

El Reverendo se sentó junto al hombre y Leni del lado de la puerta. Todo olía a cuero y a esos pinitos perfumados.

—¿Están de paseo? —preguntó el conductor.

—Vamos a visitar a un viejo amigo —dijo el Reverendo.

—Bueno, pues, bienvenidos al infierno.

7

La última imagen que Leni guarda de su madre es desde el parabrisas trasero del coche. Leni está adentro, arrodillada sobre el asiento, con los bracitos y el mentón apoyados en el respaldo. Afuera su padre acaba de cerrar el baúl con un golpe, luego de sacar una valija y dejarla en el piso junto a su madre. Ella está cruzada de brazos y lleva una falda larga como las que Leni usa ahora de grande. Atrás de sus padres, sobre la calle de tierra de un pueblo cualquiera, se levanta el cielo rosado y gris del amanecer. Leni tiene sueño y la boca pastosa con gusto a dentífrico pues salieron del hotel sin tomar el desayuno.

Su madre descruza los brazos y se pasa una mano por la frente. El Reverendo le está hablando, pero en el interior del auto Leni no alcanza a escuchar lo que dice. Mueve mucho las manos. Levanta el dedo índice y lo baja y señala a su madre, menea la cabeza y sigue hablando en voz baja, por el gesto de su boca parece que mordiera las palabras antes de soltarlas.

La mujer amaga ir hacia el coche, pero el Reverendo se interpone y ella se queda congelada en el movimiento. Como en el juego de las estatuas, piensa Leni, que siempre lo juega, siempre en patios distintos y siempre con niños distintos, luego del sermón dominical. Con un brazo extendido y la palma abierta al frente, el Reverendo, su padre, camina hacia atrás y abre la puerta del conductor. Su madre se queda parada ahí, junto a la valija, y se cubre el rostro con las manos. Está llorando.

El vehículo se pone en marcha y arranca levantando una nube de polvo. Entonces su madre corre unos metros detrás del auto como esos perros que son abandonados en la ruta durante las vacaciones.

Esto ocurrió hace casi diez años. Leni no recuerda con exactitud la cara de su madre. Sí que era una mujer alta, delgada y elegante. Cuando se mira al espejo piensa que heredó su porte. Al principio creía que era solo una expresión de deseo, parecerse a ella. Pero ahora que es una mujer ha pescado más de una vez a su padre mirándola con una mezcla de fascinación y desprecio, como se mira a alguien que nos trae, al mismo tiempo, buenos y malos recuerdos.

El Reverendo y Leni nunca hablaron de aquel episodio. Ella no sabe el nombre del pueblo donde dejaron a su madre, aunque cree que si volvieran a pasar por esa calle la reconocería de inmediato. Esos sitios no cambian demasiado a través de los años. Por supuesto el Reverendo sí debe recordar el punto preciso del mapa donde dejó a su esposa y, por supuesto, debe haberlo borrado para siempre de su itinerario.

A partir de aquella mañana, el Reverendo Pearson se presentó como un pastor viudo con una pequeña hija a cargo. Un hombre en su condición genera inmediatamente confianza y simpatía. Si un hombre a quien Dios le ha arrebatado a su esposa en la flor de la juventud, dejándolo solo con una niña de pocos años, sigue adelante, firme en su fe, inflamado por la llama del amor a Cristo, ese es un hombre bueno, un hombre a quien hay que escuchar atentamente.

Tapioca tampoco se acuerda bien de su madre. Cuando ella lo dejó, tuvo que acostumbrarse a su nuevo hogar. Lo que más le llamó la atención fue ese montón de autos viejos. El cementerio de coches y los perros fueron un consuelo esas primeras semanas hasta que se fue haciendo a la idea. Se pasaba el día entero metido en las carcasas: jugaba a conducir aquellos vehículos y siempre tenía tres o cuatro perros de copilotos. El Gringo lo dejaba. Se fue acercando de a poquito como si el niño fuera un animalito de monte que había que amansar. Empezó contándole la historia de cada uno de esos autos que alguna vez habían transitado calles y hasta rutas larguísimas. Muchos no solo habían ido hasta Rosario, como su madre, sino también a Buenos Aires y a la Patagonia. Brauer había buscado una pila de mapas de rutas del Automóvil Club y, por las noches, después de cenar, le mostraba los puntos por los que, según él, habían andado aquellos vehículos. Con su dedo grueso, manchado de grasa y nicotina, iba siguiendo las líneas y le explicaba que el color y el grosor de cada trazo daba cuenta de la importancia de la ruta que ilustraba. A veces el dedo de Brauer torcía bruscamente el rumbo, se salía de una carretera principal para tomar un camino apenas insinuado, una línea más fina que una pestaña que terminaba en un puntito. El Gringo decía que en ese sitio el conductor del coche había pasado la noche y que ellos también debían irse a dormir.

Otras veces la punta del dedo del mecánico pasaba a los saltitos por una línea punteada, un puente levantado sobre un río. Tapioca no sabía lo que era un río, ni lo que era un puente así que Brauer se lo explicaba.

Y otras veces el dedo se movía sinuoso y despacio por un camino de montaña. En una ocasión el dedo llegó a donde se terminaba el mapa y el Gringo le habló del frío, un frío que jamás conocerían en el Chaco, un frío que lo ponía todo blanco. Allí la carretera, en invierno, se cubría de hielo y el hielo propiciaba la patinada de los neumáticos y los accidentes fatales. A Tapioca le dio miedo un sitio así y pensó que qué suerte que ellos estaban bien arriba en el mapa y no ahí donde se terminaba el mundo.

A los coches, el Gringo Brauer se los compraba a la Policía de la provincia. Tenía un contacto adentro. Se los vendían como chatarra. Por lo general eran coches secuestrados en accidentes o incendios. Cada tanto entraba alguno robado. En este caso el Gringo se encargaba de la mecánica; la Policía le limpiaba los papeles, cambiaba la matrícula y se lo vendía a los gitanos. A Brauer le pagaban por su trabajo y un poco más por su colaboración.

Intercaladas con las historias de los mapas, el Gringo le contaba el momento en que el auto había dejado de pertenecer a su dueño para terminar ahí con ellos. Recreaba siniestros y Tapioca escuchaba todo con los ojos grandes y atentos. Al principio los ocupantes del vehículo siempre salían ilesos; el coche destrozado pero la gente sana y salva. Después el Gringo pensó que era hora de familiarizar al chico con la muerte, así que a partir de allí todas las historias tenían un remate definitivo y sangriento. Con los primeros cuentos Tapioca tenía pesadillas. Su madre, el mismo Brauer o la poca gente que conocía moría atrapada entre los hierros retorcidos, cuerpos volaban de los asientos atravesando el parabrisas o se carbonizaban en el auto en llamas, prisioneros de puertas trabadas. Después también se acostumbró y ya no volvió a soñar las escenas que el Gringo le narraba.

A la culpa no la tienen los autos, le decía siempre Brauer, sino la gente que los maneja.

Cuando su madre se lo dejó, Tapioca había llegado hasta tercer grado. Sabía leer, escribir y hacer cuentas. El Gringo tampoco había terminado la escuela, así que no le pareció necesario que el chico siguiera. La escuela más cercana quedaba a varias leguas y sería una complicación llevarlo y traerlo todos los días. Con la educación formal que había tenido hasta sus ocho años, alcanzaba.

De ahí en más, decidió Brauer, Tapioca tenía que aprender sobre la naturaleza y el trabajo. Estas dos cosas no serían ciencias, pero harían del muchacho una persona de bien.

Dios nos ha dado la palabra. La palabra nos distingue del resto de los animales que se mueven bajo estos cielos. Pero cuídense de las palabras, son armas que pueden estar cargadas por el Diablo.

Cuántas veces habrán dicho: qué bien habla este hombre, qué palabras más bonitas, qué vocabulario más completo, cuánta seguridad me dan sus palabras.

Viene el patrón y les habla con palabras fuertes, seguras, que prometen a largo plazo. Les habla como un padre a sus hijos. Después de oírlo comentarán entre ustedes: qué bien que nos ha hablado este hombre, sus palabras son sencillas y verdaderas, nos habla como si fuésemos sus hijos, nos dio a entender que si nos quedamos con él y hacemos lo que nos manda, nos tendrá siempre bajo su ala, como si fuésemos un hijo suyo más, nada nos va a faltar, lo dijo bien clarito, con palabras sencillas, nos habló como a un igual.

Viene el político y les habla con palabras que suenan de lindo, parece que saliera música de su boca, nunca les han hablado con palabras así de bonitas, nunca les han hablado así de corrido, sin perder el aliento. Y ustedes se quedan mansitos después de oír un discurso tan florido, tan bien redactado, con tantas palabras sacadas del diccionario, con tanta corrección. Se van pensando que este sí es un buen hombre, que piensa por todos ustedes, que piensa lo mismo que ustedes, que los representa.

Pero yo les digo: desconfíen de las palabras fuertes y de las palabras bonitas. Desconfíen de la palabra del patrón y del político. Desconfíen de quien se dice su padre o su amigo. Desconfíen de estos hombres que hablan por su boca y por sus propios intereses.

Ustedes ya tienen un padre y ese padre es Dios. Ustedes ya tienen un amigo y ese amigo es Cristo. Todo lo demás son palabras. Palabras que se lleva el viento.

Ustedes tienen sus propias palabras, el poder de la palabra, y tienen que hacerse oír. Dios no escucha a quien habla más fuerte o más lindo, si no a quien habla con la verdad y con el corazón.

Dejen que Cristo hable por sus bocas, dejen que sus lenguas se muevan al ritmo de su palabra, que es única y verdadera. Carguen ustedes el arma de la palabra y apunten disparen fuego sobre los charlatanes, los mentirosos, los falsos profetas.

Dejen que reine en ustedes la palabra de Dios que es viva y eficaz y más cortante que toda espada de dos filos y penetra hasta partir el alma y el espíritu, las co-yunturas y los tuétanos y discierne los pensamientos y las intenciones del corazón.

Piensen en esto y den testimonio.

Alabada sea la palabra del Padre y del Hijo.

8

Tapioca se sacó el cable de la oreja y se levantó despacito para no despertar a la muchacha. Se alejó unos pasos y se sacudió la tierra del pantalón. Después enfiló para el baño. Pasó sigiloso al lado del Reverendo que seguía dormitando en la silla.

Vació la vejiga ruidosamente sobre el agua del inodoro. Por suerte esa chica, Leni, estaba lejos: lo hubiera avergonzado que lo escuchara.

Cuando salió del excusado, secándose las manos en la pechera de la camisa, el Reverendo se estaba espabilando. Se había sacado los anteojos y se pasaba el pañuelo por la cara transpirada y las escasas hebras de cabello. Lo vio y le sonrió.

—Muchacho, vení, sentate.

El Reverendo dio unas palmaditas sobre la silla, a su lado. Tapioca lo miró con la cabeza ladeada, como los perros cuando uno los llama. El desconocido lo ponía nervioso y dudó un ratito buscando una excusa para alejarse. Finalmente se sentó.

—¿Te dicen Tapioca, no?

Movió la cabeza.

—¿Y cómo te llamás?

—Tapioca.

—Tapioca te dicen. Es tu apodo. Pero tenés otro nombre, el que te pusieron cuando naciste. ¿Te acordás cuál es?

Tapioca se fregó las manos en el pantalón.

—Josemilio —soltó.

—José. Es un lindo nombre. Un nombre muy noble. ¿Sabés quién es José?

Tapioca lo miró y se espantó una mosca que le andaba por la cara. Este hombre lo confundía. Por toda respuesta, se encogió de hombros.

—José fue el esposo de María, la madre de Cristo. Él fue el hombre que lo crio. Como el señor Brauer. Él te crio a vos como si fueras su hijo ¿no? ¿Sabés quién es Cristo?

El muchacho se pasó la mano por la cara. Estaba sudando, más por los nervios que por el calor, al que estaba acostumbrado. Quería irse. Pero el desconocido lo intimidaba.

—¿Oíste hablar de Dios? Dios es nuestro creador. Él ha creado todo lo que ves. Vos y yo también somos obra suya. El señor Brauer te habrá hablado de Dios alguna vez ¿cierto?

Tapioca lo miró. Se acordó de los años en que fue a la escuela. Cuando la maestra le hacía preguntas y él no sabía. Sintió las mismas ganas que entonces de ponerse a llorar.

—Tengo que alcanzarle algo al Gringo —balbuceó.

—Esperá. Ya vas a ir —dijo el Reverendo apoyando su mano en el brazo del chico. La mano del hombre era blanda como la de una mujer. Aunque también era cálida, Tapioca sintió un escalofrío.

Miró buscándolo a Brauer. El Gringo estaba con la espalda encorvada, la cabeza metida en el capot del coche del Reverendo, a más de cien metros del porche donde el hombre lo retenía; ajeno a la desesperación de su ayudante.

—No te preocupes. Después le digo que estábamos charlando.

El hombre lo miró con una sonrisa plácida. No era la primera vez que Tapioca veía ojos tan claros, la zona estaba llena de gringos. Pero los ojos del Reverendo parecían hechizarlo. Como le había dicho Brauer que hacía el caburé con sus presas: tenía la mirada tan fuerte que las desmayaba y entonces se las comía.

Tapioca sacudió la cabeza. La sentía pesada. No tenía que mirar esos ojos.

—¿Entonces? —dijo el Reverendo con voz melosa.

—¿Qué hay? —dijo el chico medio retobado.

—Así que nunca nadie te habló de Cristo Nuestro Salvador. El Señor Brauer es un buen hombre. Y vos sos un buen muchacho, José. Cristo te está esperando con los brazos abiertos. Solo tenemos que prepararte para que lo recibas.

"No sé de qué habla. Cristo ni qué perro muerto. Usted viene y me habla. Yo no le entiendo nada. Yo… yo me llamo Tapioca ¿oyó? Y usted no sabe nada de nosotros."

Tapioca tuvo ganas de decirle algo así y dar por terminada la charla. Pero no se animó y se quedó con la boca cerrada. Miró para todas partes con tal de no mirarlo, pero sus ojos no podían quedarse quietos en ningún sitio: saltaban de un perro a la ruta, de ahí a los autos apilados bajo el sol, a la punta de sus alpargatas, a sus manos, y se volvían a espiar por el rabillo al hombre a su lado.

El Reverendo, en cambio, mantenía sus ojos fijos en el muchacho. Había quitado la mano de su brazo y la había entrelazado con la otra, en una actitud beatífica.

—En este mundo no basta con ser bueno, José. Debemos poner la bondad al servicio de Cristo.

Solamente él puede guardarnos del mal. Si recibimos a Cristo en nuestro corazón, nunca más volveremos a estar solos. Tal vez no lo sepas porque nadie te lo ha dicho todavía, pero se vienen días aciagos... malos, quiero decir, terribles como no te podés imaginar. Aunque el poder de Cristo es infinito, el Demonio también es muy fuerte. No tanto como Jesús, alabado sea... pero presenta batalla día y noche. Por eso, José, tenemos que unirnos a las filas de Cristo. Formar un ejército tan grande y poderoso, capaz de desterrar definitivamente al Demonio de este mundo. La guerra final se avecina, José. El día que los arcángeles toquen sus clarines, solo aquellos que se hayan entregado a Cristo podrán escucharlos. Quienes escuchen los clarines, el Día del Juicio, serán salvados, ellos entrarán al Reino de los Cielos.

Tapioca escuchó atentamente las palabras del Reverendo. Sus ojos habían dejado de buscar excusas para escapar de la mirada del hombre y se habían quedado fijos en él. Seguía teniendo miedo. Ya no al Reverendo, en quien empezaba a ver a un amigo o algo más: un padre, un guía. Le daba miedo todo lo que estaba diciendo. Tenía miedo de no estar preparado cuando todo aquello, tan feo, cayera sobre él. El Gringo no debía saber nada, si no se lo hubiese dicho hace tiempo. Hasta ese momento, Brauer había sido la persona más sabia que él conocía. Pero evidentemente la sabiduría de su patrón era limitada.

—¿Y el Gringo? —preguntó.

—¿Qué pasa con el señor Brauer?

—¿Él va venir con nosotros, ahí, donde usted dice, al cielo?

—Claro que sí. El señor Brauer va a entrar al Reino de los Justos de tu mano, José. Si te unís al Ejército de Cristo, vas a poder llevar con vos a todas las personas que estén en tu corazón. El señor Brauer te cuidó cuando eras chico y no podías defenderte solo. Te dio de comer, te cuidó cuando estabas enfermo, te enseñó muchas cosas ¿verdad?

Tapioca asintió con la cabeza.

—Bueno. Ahora sos vos el que va a cuidar de él, el que le va a enseñar a amar a Jesús. Es el regalo más hermoso que podés hacerle al señor Brauer.

Tapioca sonrió. El miedo seguía ahí como una comadreja adentro de su cueva, podía ver los ojitos brillosos en la oscuridad. Pero también empezaba a sentir algo nuevo, una especie de fuego en las tripas que lo llenaba de valor. Sin embargo, todavía le preocupaba algo más.

—¿Y los perros? ¿Les puedo llevar?

Pearson tuvo ganas de reírse, pero se contuvo.

—Claro. El Reino de los Cielos es un sitio bastante grande y Cristo ama a los animales. Los perros pueden venir también. ¡Claro! ¿Por qué no?

El Reverendo abrió la boca para tomar aire. Tenía la boca seca.

—¿Me traés un vaso de agua, José?

A veces sentía, muy a su pesar, que todo estaba perdido, que por más que hicieran él y otros como él, siempre llegarían tarde: el Demonio siempre estaba un paso más adelante. Aun un paso más adelante que el propio Cristo, Dios lo perdone. Encontrar un muchacho como Tapioca lo llenaba de fe y esperanza. Un alma pura. En bruto, cierto, pero para eso estaba él. Él iba a tallar esa alma con los cinceles de Cristo e iba a hacer de ella una obra hermosa para entregarle a Dios.

Pensar en esto lo fortalecía, lo reafirmaba en su propósito. Volvía a sentirse una flecha encendida con la llama de Cristo. Y el arco que se tensa para lanzar esta flecha lo más lejos posible, en el punto exacto en que la llama se haga incendio. Y el viento que propague el fuego que arrasará el mundo con el amor de Jesús.

9

Mientras bebe el agua, el Reverendo se recuerda de niño, bajando la barranca tomado de la mano de su madre. Ella, una zancada adelante, tironeaba de su bracito con firmeza. El terreno descendía abrupto y había que ir clavando los talones entre los terrones sueltos cubiertos de yuyos para evitar una caída. Los dos estaban agitados por la caminata.

La falda de la madre, empujada por el viento, se movía frente a sus ojos como una cortina que le mostraba o le ocultaba el paisaje según los vaivenes de la prenda.

No sabía a donde se dirigían pero, antes de salir, su madre le había dicho que aquel sería un día memorable. Le había puesto sus mejores ropas y ella misma se había vestido con cuidado. Habían salido de su casa después del almuerzo y habían tomado un colectivo hasta el centro. Allí habían subido a otro que tenía un cartelito en el frente que decía *balneario*. Fueron los únicos pasajeros que llegaron al final del recorrido. El chofer paró el motor allá arriba, en una calle de tierra, y le indicó a su madre cómo descender hasta la playa.

Lo que desde lo alto se veía como una mancha oscura, quizás un accidente del terreno, a medida que se iban acercando fue tomando la forma de una pequeña multitud. Unas cien personas de pie, de cara al río, cantaban. Ahora que ya casi llegaban a la playa el viento traía su canción. No la había escuchado nunca en la radio ni en ninguna otra parte. Parecía una canción bastante alegre, pero él se sintió profundamente triste a medida que se acercaban. Tal vez por el cielo encapotado y los restos de basura que la gente tira y el río arrastra y deposita en ese balneario abandonado por la municipalidad. Tal vez porque había esperado que la salida con su madre tuviese otro destino, un cine o un parque de diversiones.

Se detuvieron para tomar aliento y su madre le soltó la mano para acomodarse unos cabellos que se habían salido del rodete. Después, con sus dedos, le peinó la cabeza, le alisó las ropas con las manos y le ató el cordón suelto de un zapato.

—Vamos —dijo y volvió a agarrarlo de la mano. Se abrió paso empujando con su propio cuerpo. La gente la miraba con el ceño fruncido, sin dejar de cantar, pero ella seguía adelante haciéndose la desentendida. Movía la boca como si cantara o pidiera disculpas, aunque no hacía ninguna de las dos cosas.

Se colocaron en primera fila, ahí donde la playa era barro y limo. Él sintió cómo sus zapatos se hundían en el suelo chirle. Sus mejores zapatos. Miró con preocupación a su madre. Pero ella no le prestaba atención. Como el resto, su madre observaba el río oscuro encrespado por el viento.

¿Qué hacían allí con esa manga de locos cantantes, en vez de estar en la plaza metiendo los dedos en un copo de nieve, llenándose la boca de la espuma empalagosa?

¿Qué podía haber de interesante en ese montón de agua?

Entonces ocurrió lo inesperado. El canto se acalló. La cabeza de un hombre emergió del agua; tenía los cabellos largos pegados al cráneo. Rompió la superficie del río y se levantó sobre las aguas con el torso desnudo y los brazos abiertos. Comenzó a caminar hacia la orilla provocando un suave oleaje que lamió sus tobillos.

Alguien, no distinguía si hombre o mujer, con la voz más dulce que hubiese escuchado nunca, empezó a entonar una canción.

Su madre, ni lerda ni perezosa, lo levantó agarrándolo por debajo de los brazos y se lo arrojó al hombre del río que lo recibió en un abrazo húmedo, helado.

Cada vez que recuerda aquel día fundamental para el resto de su vida lo embarga la emoción. Cada vez que se siente flaquear apela a aquel recuerdo, el día de su bautismo, la tarde en que el hombre del río lo sumergió en las aguas mugrientas del Paraná para devolverlo, purificado, a las manos de Dios. Pensar en ello lo fortalece, lo reafirma en su misión.

Una vez le preguntó a su madre por qué lo había llevado al río aquella tarde. Ella nunca había sido una mujer creyente.

—Se me ocurrió nomás —le había dicho—. Oí en la radio que venía ese predicador y se me ocurrió ir a ver qué era. De curiosa nomás. Se habló tanto de ese hombre toda la semana. No sé por qué pensé que podía ayudarnos. Y cuando llegamos y vi toda esa gente, dije: tenemos que estar en primera fila. —La madre se había reído como si recordara una travesura. —Y cuando estuvimos en primera fila, dije: tiene que tener al chico. Sabía que si el predicador te alzaba, si lograba llamar su atención, algo bueno tenía que salir de todo eso.

La madre había vuelto a doblarse sobre el bordado. En esa época, él tenía veinte años y empezaba a ser reconocido. Ella ya no tenía que trabajar para pagar sus cuentas. Hacía unos cuantos años que habían abandonado Paraná y se habían instalado en Rosario donde la iglesia les daba casa y comida. Él era un joven pastor con un futuro promisorio. Sus dotes de orador empezaban a ser reconocidas en toda la región.

Ella seguía bordando por gusto, porque nunca había hecho otra cosa, para entretenerse. Aun cuando el predicador los había acogido y les había dado su protección, su madre seguía sin demostrar interés alguno por la religión. En realidad, sentía lo mismo que si su hijo hubiera sido médico o abogado. Actuaba como si simplemente le hubiese procurado una carrera universitaria, una profesión de la que él podría vivir dignamente.

Estaba agradecido con su madre por haberlo precipitado a los brazos del predicador, a esa nueva vida que se había abierto para él. Pero, en el fondo, lo irritaba que a ella le importase un comino.

Cada vez que él bajaba del púlpito, era la primera en correr a abrazarlo.

—Los dejaste a todos pasmados —le decía guiñándole un ojo.

Ella creía que él mentía, que su hijo era un gran mentiroso, que tenía un talento excepcional para la palabra y que gracias a eso ellos tenían techo y comida asegurados.

Aunque no era la única que pensaba eso. Sus superiores, hasta el predicador —pronto se dio cuenta—, también creían que habían dado con la gallina de los huevos de oro. Cada palabra que salía de su boca hacía tintinear una lluvia de monedas en las arcas del templo.

—Superaste a tu maestro —solía decirle el predicador.

Poco quedaba del hombre flaco de ojos afiebrados que había emergido del río. Se había convertido en un hombre gordo y calvo que ya no metía los pies en el barro, que hacía muchos años había dejado de hundir cuerpos infieles en el agua para sacarlos salvos, con los pulmones hinchados de la gloria de Cristo.

Traiga lo mejor para Dios, era la frase que escuchaba, repetida como un salmo, mientras los ayudantes pasaban entre los fieles con una lata entre las manos. Traiga lo mejor para Dios y las monedas se precipitaban como una lluvia de sapos.

Traiga lo mejor para Dios y los billetes planeaban, silenciosos, en el interior de la lata.

Traiga lo mejor para Dios y *los dejaste a todos pasmados*, repicaba en su cabeza mientras, excitado y sudoroso, trataba de reponerse en un rincón del templo.

No podía confiarle a su madre la angustia que le provocaba esta situación puesto que ella había sido la primera en malinterpretar el propósito de su hijo. Así que cuando ella murió, poco tiempo después de que tuvieran aquella conversación, sintió un gran alivio, Dios lo perdone.

Su madre se fue de este mundo, conforme. Pese a que su vida había estado llena de frustraciones —ya viendo que se quedaba para vestir santos, había sido seducida por un aventurero americano, se había casado con él y había sido abandonada antes de dar a luz— por lo menos había dejado a su único hijo parado para toda la cosecha, como le gustaba decir, felicitándose por haberle forjado un porvenir, por haber tenido una idea brillante un buen día de esos mientras escuchaba la radio y perdía la vista sobre sus bordados.

Pearson creía fervorosamente en cada palabra que salía de su boca. Creía porque Cristo era el fundamento de esas palabras. El gran ventrílocuo del universo se hacía oír por la boca de su muñeco, que era él.

Al Reverendo nunca le importó si su escenario era un templo de ciudad, un antiguo cine por ejemplo, con butacas remozadas, palcos y alfombras en el piso, un telón rojo que solo se abre cuando él está posicionado; o un galpón con las paredes blanqueadas de cal para ahuyentar las alimañas, techo de chapa y sillas plegables de madera compradas en un remate de campo. Puesto a elegir él siempre prefiere los escenarios pobres, sin atributos, sin aire acondicionado, ni altoparlantes, ni luces cegadoras.

Rara vez accede a trasladarse a las grandes ciudades. Prefiere el polvo de los caminos abandonados por vialidad nacional, la gente abandonada por los gobiernos, los alcohólicos recuperados que se han convertido, gracias a la palabra de Cristo, en pastores de pequeñas comunidades: hombres que durante el día trabajan de albañiles, a la tardecita venden biblias y revistas puerta a puerta, y los domingos se paran frente a un auditorio sin la fortaleza que les daba el alcohol y hablan con un discurso tal vez torpe, pero sostenidos y marchando con el combustible de Cristo.

10

Leni se despertó abombada. Le llevó un momento ubicarse, reconstruir su llegada hasta ese árbol. Estaba toda transpirada y le dolía el cuerpo apoyado sobre el tronco rugoso y la dureza del suelo. Se pasó las manos por la cara para sacarse las lagañas, como un gato. Bostezó. Abajo del porche lo vio a su padre hablando con Tapioca. Sonrió. El Reverendo Pearson no iba a parar hasta convertir al chico.

Giró la cabeza. Allá lejos, ajeno al plan evangelizador de su cliente, el Gringo Brauer trabajaba en el coche.

Leni tenía sentimientos contradictorios: admiraba profundamente al Reverendo y reprobaba casi todo lo que hacía su padre. Como si no fuesen la misma persona. Antes le había dicho a su padre que dejara en paz a Tapioca, pero si ahora mismo se incorporaba a la reunión debajo del porche, ella también quedaría subyugada por las palabras del Reverendo.

Antes de que él salga a dar un sermón ella siempre le lustra los zapatos hasta dejarlos como espejos, le cepilla el traje, le acomoda la corbata de seda negra, el pañuelo blanco que sobresale del bolsillo del saco como las orejas de un pequeño conejo, recibe sus anteojos y los guarda en el estuche. El Reverendo nunca se enfrenta al público con los anteojos puestos. Su rostro ha de estar limpio, no debe haber intermediarios entre sus ojos y los de sus fieles. Parte del magnetismo del Reverendo está en sus ojos, claros como río de montaña. Sus ojos que pueden empañarse, enturbiarse y lanzar llamaradas a medida que transcurre el sermón.

Ella da un paso atrás para tener un panorama completo de su estampa. Si todo está en orden, le sonríe y levanta el pulgar de la mano derecha.

Cuando él sale a escena, aunque lo ha visto cientos de veces desde que tiene memoria, Leni siente la misma vibración en el cuerpo. Algo grandioso acontece. Algo que no puede explicar con palabras.

A veces no se aguanta y abandona su sitio al costado del escenario, donde debe estar por si él la necesita, y se mezcla entre los fieles.

Se pregunta si alguna vez el Reverendo la tomará de la muñeca y la llevará al frente, si morderá su pecho y le arrancará de una vez por todas esa cosa negra que siente por las noches en la cama de hotel o durante el día, en el coche, mientras viaja con su padre.

Leni se puso de pie y estiró los brazos hacia arriba para acomodarse los huesos de la columna. Se quitó la hebilla del pelo castaño y lo sacudió y se peinó con los dedos y volvió a ajustarlo en una cola de caballo. Se sacó el auricular y apagó la radio.

Le llevó meses convencer a su padre para que le comprase el aparatito portátil. Le prometió que solo iba a escuchar música cristiana y tiene siempre puesto un casete de coartada. La cinta solo se acciona cuando el padre se acuerda de controlar lo que está escuchando. El resto del tiempo escucha FM. Programas de música con oyentes que mandan cartas o llaman para pedir temas y mandar saludos. Una vez, por el placer mundano de salir en la radio, se escapó hasta un locutorio y llamó a uno de esos programas. Le tomaron el mensaje y salió al aire. Pero justo pidió una canción que no tenían. Le pidieron disculpas (Leni, sory, no tenemos ese tema, pero te pasamos este que seguro te va a encantar). Lo que pusieron no tenía nada que ver con lo que había pedido, pero no le importó. La picardía era haber llamado, que su nombre viajara por el éter seis kilómetros a la redonda de la emisora de pueblo que, seguramente, funcionaría en la cocina de una casa particular.

Decidió caminar un poco para sacarse la modorra de encima. Se alejó para el lado opuesto a la casita y el montón de chatarra.

El paisaje era desolador. Cada tanto un árbol negro y torcido, de follaje irregular, sobre el que se posaba algún pájaro que parecía embalsamado de tan quieto.

Siguió caminando hasta llegar al límite del terreno, marcado por un alambrado medio caído. Pasando los hilos de alambre comenzaba una plantación de algodón. Todavía no era tiempo de cosecha, pero las plantas, de hojas ásperas y oscuras, ostentaban sus capullos. Algunos, ya maduros, dejaban escapar por sus reventones pedazos de mota blanca. En pocas semanas se levantará la cosecha que será enviada a las desmotadoras. Allí separarán la fibra de la semilla y armarán los fardos para su comercio.

Leni acarició su camisa transpirada. Recordó que su padre, alguna vez, le contó que su abuela era bordadora. Tenía manos de hada, le había dicho. Pensó con cierta nostalgia que las telas que bordaba su abuela y la camisa que llevaba puesta, en su génesis más antigua, habrían comenzado en la soledad de un campo como este.

11

—¿Dónde te habías metido, chango? —dijo Brauer limpiándose las manos con un trapo.

—Allá. Conversando con el hombre.

—¿Y desde cuándo andás tan conversador vos?

Tapioca torció la cabeza y frunció la boca.

—¿Y se puede saber de qué hablaban?

—Del Cristo.

—De Cristo. Mirá vos.

—Sí, el hombre, allá, me dijo un montón de cosas que yo no sabía —asintió entusiasmado.

—¿Te dijo cosas de Cristo?

—Y de la fin del mundo. Si viera, Gringo, lo que va a ser eso.

—¿Y cómo va a ser? —preguntó el Gringo sacando un cigarrillo del paquete y poniéndoselo en la boca.

—Feo. Muy feo.

Tapioca sacudió la cabeza como si la tuviese llena de pensamientos oscuros y quisiera sacárselos de

encima. Brauer prendió el cigarrillo y soltó un chorro de humo.

El muchacho levantó la cabeza, sonriente.

—Pero nosotros vamos a ir al Reino de los Cielos porque somos buenos.

—Ah, bueno, entonces me quedo más tranquilo
—dijo el Gringo, burlón, aunque empezaba a preo-
cuparlo el entusiasmo religioso de su ayudante.

—Nosotros y los perros. Porque a Cristo le gus-
tan los perros igual que a nosotros. Y… y…

—Bueno, pará, chango. Oíme. Después vemos
eso de irnos al cielo. Ahora me tenés que ayudar
acá. Esto está más fulero de lo que pensaba. Andá.
Hacete unos mates y venite para acá. Dejalo al
hombre que se entretenga solo. Vení que me tenés
que echar una mano, ¿oíste?

Tapioca dijo que sí y dio media vuelta y enfiló
hacia la casa.

—Que no se te hirva el agua que me lavás el
mate, che —le gritó el Gringo.

Se recostó contra el auto y terminó el cigarrillo
con pitadas profundas. A él no le interesaban los
pensamientos elevados. La religión era cosa de mujeres y de débiles. El bien y el mal eran cosa de todos los días y de este mundo, cosas concretas a las
que uno podía poner el cuerpo. La religión, creía

él, era una manera de desentenderse de las responsabilidades. Escudarse en dios, quedarse esperando que a uno lo rescaten, o echarle la culpa al diablo por las cosas malas que uno era capaz de hacer.

Le había inculcado a Tapioca el respeto por la naturaleza. Sí creía en las fuerzas naturales. Pero nunca le había hablado de dios. No le pareció necesario hablarle de algo que no estaba dentro de su campo de interés.

Dos por tres se internaban en el monte y observaban su comportamiento. El monte como una gran entidad bullente de vida. Un hombre podía aprender todo lo necesario solamente observando la naturaleza. Ahí, en el monte, estaba todo escribiéndose continuamente como en un libro de inagotable sabiduría. El misterio y su revelación. Todo, si uno aprendía a escuchar y ver lo que la naturaleza tenía para decir y mostrar.

Pasaban horas, quietos debajo de los árboles, desentrañando sonidos, ejercitando un oído de tísico que fuera capaz de distinguir el paso de una lagartija sobre una corteza del de un gusano sobre una hoja. El pulso del universo se explicaba por sí mismo.

De más chico a Tapioca se le había metido miedo a la luz mala. Algún zanguango de los que venían al taller le había contado esos cuentos y el chango no se animaba ni a salir a mear solo de noche. No pegaba un ojo y de día andaba hecho una piltrafa. Una noche el Gringo se cansó de tantas pavadas, lo agarró del cuero del lomo y se lo llevó a campo abierto. Vagaron varias horas hasta que por fin, justo antes de que empezara a clarear, dieron con lo que el Gringo andaba buscando. Lejos, entre unos árboles, vieron una luminosidad temblorosa.

—Ahí tenés tu luz mala —le dijo.

El changuito se puso a llorar como una magdalena y el Gringo tuvo que agarrarlo del brazo y llevarlo a la rastra hasta el lugar del hallazgo.

Al pie de los árboles encontraron la osamenta de un animal mediano, un chivo o un ternerito. Apuntó con la linterna y le mostró cómo de los restos pútridos, de la materia inflamada, se elevaban pequeñas llamas que vagaban en el aire oscuro de la noche.

Ahora pensaba que tal vez debería haberle advertido acerca de los cuentos de la biblia. Encontrarle su explicación natural a la luz mala había sido fácil. Pero sacarle de la cabeza aquello de dios, no iba a ser una tarea simple.

12

—Permiso —dijo el Reverendo.

Brauer, que había vuelto a meterle mano al coche, sorprendido, dio un respingo y se golpeó la cabeza contra el capot levantado.

—Disculpe. No quise asustarlo. Voy a sacar unas cosas del auto.

—Pase. Es suyo —dijo el Gringo de mala gana frotándose el golpe con los dedos.

El Reverendo metió medio cuerpo en la parte trasera del auto y reapareció con una pila de libros.

—¿Y cómo va eso?

—Está más difícil de lo que pensaba. Estoy buscándole la vuelta, pero no sé si pueda repararlo.

—No se preocupe. No tenemos apuro.

—Creí que los estaban esperando.

—Saben que llegamos en estos días. Pero no cuándo. Los caminos del Señor son inescrutables, uno nunca sabe lo que puede pasar, así que prefiero no dar nunca precisiones acerca de mi llegada, para no preocupar, entiende.

—Claro. Igual si no lo puedo arreglar, los acerco a Du Gratty, ahí van a encontrar dónde pasar la noche.

—No nos adelantemos. Todavía quedan unas cuantas horas de sol, señor Brauer. Usted atienda lo suyo tranquilo y no se preocupe por nosotros. Mi hija y yo estamos contentos de estar acá, de estarlos conociendo. Llevamos tanto tiempo en los caminos que sabemos que la paciencia es buena consejera. Todos los imponderables tienen su respuesta, su razón de ser, creáme.

El Reverendo se alejó con sus libros. Brauer se lo quedó mirando hasta que se instaló nuevamente bajo la enramada.

Meneó la cabeza. Más vale echaba a andar cuanto antes el maldito auto. Ya se veía cediéndoles los catres al Reverendo y a su hija, y Tapioca y él durmiendo en el suelo con los perros.

¿Por qué no le habría hecho caso a Tapioca? Tendrían que haberse ido a pescar esa mañana como quería el chango. Y él que no, que con esta calor el Bermejito va a estar así de gente, que los fines de semana no se puede pescar nada, que los pescados se esconden con tanta bulla que meten los paseantes.

En fin. Él también sabía que la paciencia es buena consejera. Paciencia y saliva, se dijo y volvió a meterse encima del motor.

—Patrón —gritó Tapioca.

El Gringo se incorporó de golpe y se dio otro cocazo en el mismo lugar.

—La puta madre, chango, ¿qué mierda querés?

—Que le traigo el mate.

—Y para eso me pegás un grito que me hacés cagar en las patas. No ves que estoy concentrado con esto.

—Y yo que sabía.

—Babah… cerrá el pico y cebá mate. No sé qué te agarró de golpe que parecés loro barranquero.

Tapioca se rio y le alcanzó un mate.

—Guarda que está caliente.

—¿No te dije que vigilés la pava?

—Pero qué quiere si ya de la canilla sale que pela. No se hirvió, pero está calentita.

—Claro, así cebás dos mates y se lava y te doy las gracias. Sos pícaro, vos, eh. Alcanzame esa llave. Dame otro que está rico.

—Si quiere hago un tereré.

—El tereré es mate de mujer, chango. El mate tiene que ser con agua caliente. Como decía mi viejo: en invierno te saca el frío, en verano te saca la calor.

—¿Era bueno su padre?

—¿Bueno? Qué sé yo. Sí, matar no mató a nadie que yo sepa.

—El hombre me dijo que yo me llamo igual que el padre de Jesús.

—¿Tapioca se llamaba?

—José, Gringo. Si yo me llamo José.

—Ya sé, chango, era una broma.

—Que no es el padre de verdad. Es el que lo crio. Como usted que me crio a mí.

—A ver, tomá, limpiame esto.

—Su padre es Dios.

—Dame un mate.

—Usted es como mi padre, Gringo.

—Tomá.

—Yo nunca me voy a olvidar de lo que usted hizo por mí.

—Vení. Teneme estos cablecitos. Separados.

El cuerpo es el templo de Cristo. El cuerpo de cada uno de ustedes alberga el alma de cada uno de ustedes y en el alma de cada uno habita Cristo. Entonces el cuerpo no puede ser malo.

Mírense.

Cada uno de ustedes es una creación única y perfecta. Cada uno ha sido concebido por el artista más genial de todos los tiempos.

Alabado sea Dios.

Podrán decirme: Reverendo, me falta una pierna, un brazo, perdí una mano en un accidente, tengo la columna rota y no puedo caminar. Podrán decirme: Reverendo, soy tuerto, rengo, tartamudo, me falta un pecho, me sobra un dedo. Podrán decirme: Reverendo, estoy viejo, perdí los dientes, el cabello, soy un despojo humano. Reverendo, no sirvo para nada, soy fea o feo, estoy enferma o enfermo, mi cuerpo me avergüenza. Pueden venir a mí arrastrándose sobre el tronco sin miembros que los sostengan. Pueden venir a mí completamente paralizados, con la boca torcida, babeando. Pueden venir a mí llagados, heridos, con la piel cosida de cicatrices. Pueden venir a mí el minuto antes de que se los lleve la muerte y yo voy a seguir diciéndoles: son bellos porque son la obra de Dios.

Alabado sea el Señor.

Entonces les pregunto: si su cuerpo es el templo de Cristo: ¿por qué lo maltratan? ¿Por qué se dejan avasallar, violentar, golpear? Les pregunto a las mujeres: ¿cuántas veces dejan que sus maridos o novios o padres o hermanos abusen de vuestros cuerpos? ¿Del cuerpo de vuestros hijos? ¿Cuántas veces justifican, en nombre del amor, un empujón, una cachetada, un insulto? Y les pregunto a los hombres: ¿cuántas veces usan vuestro cuerpo, el cuerpo que Dios les dio, el cuerpo que ha de ser el templo de Cristo y no la cueva del Demonio, cuántas veces para dañar a otro?

Si ahora mismo un grupo de hombres irrumpiera en esta reunión y empezara a patear cosas, a romper sillas, incendiar cortinas: ¿acaso ninguno de ustedes levantaría un dedo para defender este recinto? Estoy seguro de que todos ustedes se pondrían de pie y usarían la fuerza para echar a los intrusos, todos ustedes defenderían esta Iglesia que han levantado con sus propias manos y la inspiración de Cristo.

Entonces les pregunto: ¿por qué no actúan del mismo modo con vuestros cuerpos?

Si la persona más saludable que haya entre ustedes, saliera desnuda a la calle una noche lluviosa de invierno, existe el 99% de probabilidades de que se pesque una pulmonía. Del mismo modo si dejan su cuerpo librado al pecado existe el 99% de probabilidades de que el Demonio lo tome.

Cristo es amor. Pero no confundan amor con pasividad, no confundan amor con cobardía, no confundan amor con esclavitud. La llama de Cristo ilumina, pero también puede provocar incendios.

Reflexionen sobre esto y den testimonio.

13

Brauer encendió el motor del auto y se quedó escuchando con la cabeza apoyada en el volante. Ahí le iba gustando más. Salió y se inclinó sobre los fierros parando la oreja. Sonrió. Por fin le había encontrado el agujero al mate.

Necesitaba un breve descanso. Tomar algo frío.

Cuando se iba aproximando al porche, el Reverendo levantó la vista de los libros y le sonrió.

El Gringo levantó una mano y pasó rumbo al baño. Después de orinar se sacó la camisa y abrió la ducha. Metió la cabeza y medio cuerpo debajo de la lluvia y dejó correr el agua hasta que empezó a salir más fresca. Agarró un jabón en pan y se frotó los brazos, el cuello, las axilas y el cabello. Y se quedó inclinado, apoyado con las manos en la pared sin revestir, dejando que la espuma jabonosa chorreara de su cuerpo y se amontonara en el sumidero del piso. Cerró la llave y sacudió la cabeza, como los perros, para escurrirse el pelo. Agarró una toalla que colgaba de un gancho y se secó. Volvió a ponerse la camisa y salió, refrescado.

El Reverendo había vuelto a los libros. Pasó detrás suyo y se metió en la pieza y salió con un porrón helado y dos vasos. Se paró al lado de la mesa. Pearson levantó la cabeza y volvió a sonreírle.

Apoyó la botella de cerveza en el muslo e hizo saltar la tapa con su encendedor. Se sirvió un vaso.

—¿Le sirvo?

—Gracias. No bebo.

—Está bien fría —insistió el Gringo y se tomó un trago larguísimo que le dejó espuma en el bigote—. Parece que ya le agarré la mano a su coche.

—¿Está listo?

—Todavía no. No quiero adelantarme, pero me parece que en un rato va a poder ponerse en marcha.

—Igual ya le dije que no hay apuro.

—Vamos, Reverendo, sus amigos lo esperan. Estará ansioso por verlos.

—El pastor Zack y su familia están siempre en mi corazón. Sé que en poco tiempo voy a abrazarlos, pero no me dejo llevar por la ansiedad.

—Como diga. Yo en su lugar querría llegar para la cena. Es lindo compartir la mesa con viejos amigos ¿no cree?

—Con viejos amigos. Con nuevos amigos. Sí, claro. Dígame, Brauer, estaba pensando, ¿hay algún arroyo por acá?

—¿Arroyo? Qué esperanza. Con esta seca no quedó ni un triste ojo de agua. Todo consumido, tragado por la tierra. ¿No vio las rajas? Son más anchas que mi dedo. ¿Anda con ganas de pescar?

—Podría decirse. Sabe, le voy a aceptar un vasito de cerveza. Me dio antojo.

Brauer le sirvió un vaso y volvió a llenar el suyo. Arrastró una silla y se sentó enfrente del Reverendo, las rodillas casi tocándose. Lo miró largamente. Los ojos azules y chiquitos del Gringo, un poco enrojecidos por el sol y el alcohol, buscaron los ojos acuosos del Reverendo.

—¿Qué anda buscando? —preguntó.

Pearson tomó dos tragos cortos, de pajarito, y sonrió bondadosamente.

—¿A qué se refiere?

—¿Qué cosas le anduvo metiendo al Tapioca en la cabeza?

El Reverendo se sacó los anteojos, los dobló con cuidado y se los guardó en el bolsillo de la camisa.

—En la cabeza nada. Diría más bien que le hablé a su corazón.

—No me salga con pavadas, Pearson.

—Con José estuvimos hablando de Dios. Usted ha hecho un buen trabajo con ese muchacho, Brauer, lo ha criado solo, como si fuese su propio hijo. El chico tiene un corazón puro. Yo ando mucho por los caminos desde hace muchos años. Yo mismo he criado solo a mi hija. Y, créame, es muy difícil encontrar tanta pureza como hay en ese muchacho. Como le decía, usted hizo un gran trabajo, pero, si me permite, ha descuidado un poco la parte religiosa.

—El Tapioca es un buen chango, Pearson.

—Absolutamente. No tengo dudas. Pero dígame, Brauer, ¿cuánto tiempo puede durar un alma tan noble en este mundo corrompido, lleno de tentaciones? ¿Cuánto, sin la guía de Cristo?

—El Tapioca no necesita de ningún Cristo. Él sabe lo que está mal y lo que está bien. Y lo sabe porque se lo enseñé yo, Reverendo.

—Usted es un buen hombre. Ha hecho todo lo que pudo por el chico. Ahora tiene que dejárselo a Jesús.

El Gringo se echó para atrás en la silla y prendió un cigarrillo.

—¡Jesús! —dijo y se rio entre dientes—. Cuando me lo dejaron al Tapioca parecía un cachorro abandonado. Y no digo un cachorro de perro. A todos estos perros yo les he criado de chicos y alcanza con un poco de comida y una caricia para tenerlos haciéndole fiesta a uno al otro día. No. El Tapioca era como un cachorro de animal de monte, un gatito de los pajonales: arisco y desconfiado. Me llevó meses ganarme su confianza y su cariño. Le conozco como a la palma de mi mano. Y créame, no necesita de ningún Jesucristo. No necesita que venga ningún Juan de afuera como usted, con sus palabras meloneras, a hablarle de la fin del mundo y toda esa sarta de pavadas.

El Reverendo bebió otro trago para ganar tiempo. Conocía a los hombres como Brauer. Hombres buenos, pero que habían alejado a Cristo de sus vidas. Hombres que vivían al día, confiando en su instinto, ignorando que eran parte de un plan mayor. Había que tratar con cuidado a este tipo de hombres si uno no quería ponérselos en contra. Brauer, se notaba, era un hombre que se había hecho a sí mismo, a los golpes. El Reverendo mismo, quizá, hubiera sido un hombre de este tipo de no haberse estrellado con Cristo aquella lejana tarde en la orilla del río. Los hombres como Brauer eran un verdadero desafío para el pastor.

—Comprendo —dijo.

El Gringo lo miró sin bajar la guardia.

—Comprendo perfectamente. Le pido disculpas por la intromisión. ¿Tendrá otro poco de cerveza? Hace tanto que no bebía que ya me había olvidado lo rica que es. Después de todo, si Dios la ha puesto en la tierra, tiene que ser buena ¿no?

Los dos hombres terminaron la cerveza en silencio.

—Está cambiando el viento —dijo Brauer poniéndose de pie y saliendo del porche.

El Reverendo también abandonó su silla y fue a pararse junto al mecánico. Miraron hacia el cielo.

—¿Será que va a llover? —dijo Pearson.

—No creo. En la radio no dijeron nada. Un vientito revoltoso nomás. Voy a meterle pata con su auto, Pearson.

—Vaya, vaya.

El Gringo se alejó despacio. Uno de los perros fue detrás suyo y Brauer, sacando el trapo que siempre llevaba enganchado al cinturón para limpiarse las manos, le amagó unos chirlos. El perro, juguetón, se paró en seco y empezó a saltar queriendo agarrar el pedazo de tela. El Gringo hizo flamear el trapo cada vez más alto, casi por encima de su cabeza. El perro saltó y ladró mostrando los dientes hasta que por fin se lo sacó de la mano y echó a correr. El mecánico lo corrió unos metros y tuvo que detenerse, echando los bofes a causa de la tos.

El Reverendo observó la escena con una sonrisa, pero cuando lo vio al otro doblado, tosiendo, se preocupó.

—¿Está bien? —gritó.

El Gringo, que había apoyado las manos en las rodillas y tosía escupiendo hilos de baba, levantó un brazo indicándole que no se preocupara, que estaba bien. Cuando se repuso, se limpió la boca con el brazo.

—Ya vas a ver, perro marica —le gritó al animal que se había echado cerca del auto del Reverendo, con el trapo todavía en la boca, y le movía la cola.

Pearson decidió caminar un rato. La cerveza lo había mareado y necesitaba aclarar los pensamientos. Trepó la banquina y empezó a andar por el borde de la ruta desierta. El viento caliente se le metía por la camisa, con los primeros botones desprendidos, se embolsaba y le formaba una especie de joroba. Anduvo despacio, con las manos en los bolsillos.

Otra vez se le vino la escena del bautismo.

Cuando su madre se lo arrojó, el Predicador lo había tomado entre sus brazos mojados y fríos y le había besado la frente. Él estaba asustado y no le sacaba los ojos de encima a su madre, que le sonreía a pocos metros. Tenía miedo de que ella aprovechara para perderse entre el gentío y lo abandonara para siempre.

Había oído historias por el estilo. Su abuela le había contado que, cierta vez, mientras ella esperaba el tren, una mujer se había acercado con un bebé envuelto en una manta. Le había preguntado si se lo sostenía para que ella pudiera ir al baño. La abuela había dicho que sí, que fuera tranquila. Pasó el rato y la mujer no volvía y el tren de la abuela se hizo anunciar con un pitido. Así que dejó al chico con un policía y abordó. Nunca supo qué había pasado, si la madre había regresado por su hijo o si lo del baño había sido una treta para desembarazarse de él. La abuela había dicho que ella se quedó mirando por la ventanilla hasta que el tren se puso en marcha y el andén empezó a quedar cada vez más chiquito y que no la había visto.

Cuando el Predicador hizo el gesto de devolvérselo, su madre levantó los brazos y empezó a gritar:

—¡Alabado sea Jesús! ¡Alabado el Profeta que nos habla en su nombre!

El grupo de fieles enloqueció y todos los brazos se alzaron y se balancearon al mismo tiempo formando una gran ola humana que pedía al Profeta que les hablara en la lengua de Cristo.

Así que el hombre no tuvo más remedio que dar su sermón con el niño a upa. El chico era robusto y pesaba bastante y el Predicador se vio obligado a cambiarlo varias veces de brazo. Cada vez que lo cambiaba de posición, el pequeño tenía una perspectiva distinta del grupo que se había congregado en la playa para escuchar al Predicador.

De a poco fue perdiendo el temor y empezó a gustarle eso de tener tantos pares de ojos clavados en él (aunque, en realidad, no lo miraran a él si no al profeta), tantas caras embobadas, sonriendo y hasta llorando, pero transmitiendo tanto amor.

Aquella tarde el Predicador había hablado de elegir a Cristo por encima de todas las cosas, de tomar la determinación de cambiar el resto de la vida de cada uno. Él no había entendido demasiado porque todavía era muy chico y el hombre usaba palabras difíciles, pero se había sentido muy impactado por el sermón, por la manera en que el hombre conducía sus palabras y por los distintos efectos que sus palabras causaban en los espectadores.

Una mujer, por ejemplo, había venido corriendo desde el fondo y se había echado de boca en el barro de la orilla, alargando los brazos y buscando los pies del Predicador para besarlos.

Un hombre había gritado que Jesús estaba entrando en su pecho, que le ardía como si fuese a darle un infarto. Se había arrancado la camisa y había empezado a girar con los brazos abiertos, golpeando con sus aspas humanas a todo el que estaba cerca, giraba y gritaba:

—¡Jesús me ha tomado, alabado sea!

Otro, un viejo que parecía haberlo visto todo, gritó que el Predicador mentía, que era un falso profeta y que él podía dar testimonio de ello. Pero no llegó a decir más pues unos cuantos se arrojaron sobre él, incluso mujeres que lo golpearon con sus monederos o lo que tuviesen en las manos.

Después de todas aquellas manifestaciones extrañas, el Predicador había puesto un poco de orden y había pedido que se ubicaran en fila los que no estuvieran salvos, pero sí dispuestos a recibir a Cristo en sus corazones. Un grupo, seguramente ayudantes, empezó a cantar unas canciones muy hermosas y ayudó a la gente a ordenarse.

Vio que su madre también era puesta en la fila.

Cuando todo estuvo listo, el Predicador volvió sobre sus pasos y se metió al río hasta que el agua le llegó a la cintura. El chico sintió de golpe los pies mojados y se asustó. Miró otra vez buscando a su madre, pero esta vez no logró ubicarla entre tantas cabezas alineadas una atrás de la otra. Pataleó en poco golpeando las caderas huesudas del Predicador que le dijo, en voz baja, que se esté quieto. Enseguida lo levantó agarrándolo por los sobacos. Él seguía dando patadas en el aire y agitando los bracitos y los ojos se le llenaron de lágrimas. De repente, estuvo metido de cuerpo entero en el agua negra y densa. Solo atinó a cerrar la boca y mantener la respiración. Todo habrá durado unos pocos segundos en los que, sin embargo, creyó morir. De golpe, estaba de nuevo afuera, tosiendo y escupiendo agua, y alguien lo tomó en brazos y lo llevó a la playa. Quedó tendido boca arriba en la arena sucia con olor a pescado podrido, mirando el cielo plomizo, con las ropas empapadas y el cuerpo helado, un chorro de pis, caliente, le corrió por las piernas.

Otros cuerpos empezaron a caer junto a él, todos mojados y con el pelo pegado al cráneo. Algunos se quedaban acostados, otros se sentaban y se rodeaban las piernas con los brazos, temblando y cantando.

El chico se puso de pie y empezó a caminar entre la gente. Todos parecían los sobrevivientes de un naufragio.

Por fin dio con su madre, que salía del río ayudada por otras dos mujeres, tosiendo y un poco alterada; le tenía miedo al agua.

Corrió hasta ella y se abrazó a su cintura.

14

Tapioca se escurrió en la carcasa de un coche. Sintió los resortes saltados contra la espalda y se movió un poco sobre el asiento hasta acomodarse. Cuando quería estar solo y pensar en sus cosas, siempre se metía entre la chatarra. Le habría quedado la costumbre de cuando recién llegó. Cuando le daba vergüenza que el Gringo lo viese llorar porque extrañaba a su madre, se escondía en el interior de cualquiera de los autos viejos. A veces ni los perros eran capaces de encontrarlo.

Ahora quería pensar en todo lo que le había dicho ese hombre. No eran todas cosas nuevas para él: su madre, de pequeño, le hablaba de Dios y de los ángeles, hasta le había enseñado a rezar algunas oraciones que luego se le olvidaron. En la pieza donde dormían tenían un cuadrito de la Difunta Correa, con una lucecita adentro y, miedo a la oscuridad.

Muchas veces, en todos estos años, había pensado en aquella imagen. Cuando recién se vino a vivir con el Gringo, cerraba los ojos, solo en su catre, y aparecía el recuerdo del cuadrito, con la luz chiquita que no iluminaba más que una luciérnaga. Era como traer a su madre, porque la Difunta también era mamá, tenía un nene prendido a la teta, ella ya muerta y, sin embargo, la leche saliendo, alimentando a su hijito. Unos años antes, cuando empezó a hacerse hombre, también se le aparecía la imagen, pero sin la criatura, la mujer tendida en el suelo con los pechos al aire. Después se sentía sucio y lleno de culpa.

Quizá no tenía una idea tan clara de las cosas, tan precisa como las palabras del Reverendo, pero sí tenía, desde hacía tiempo, una sensación parecida. No podía explicarlo y nunca se hubiese animado a confiárselo a nadie, pero muchas veces algo le hablaba. No era una voz que viniese de afuera. Tampoco provenía de su cabeza. Era una voz que parecía brotarle de todo el cuerpo. No alcanzaba a comprender lo que le decía, pero cada vez que sucedía se sentía confortado.

Ahora que lo pensaba bien, era una voz parecida a la del Reverendo, lo llenaba de confianza y de alguna otra cosa que todavía no podía nombrar. ¿Sería posible que anunciándose en las noches en que el sueño no llegaba y la vigilia traía esa paz, esa plenitud?

No tenía una respuesta. El día que seguía a esas voces nocturnas, se levantaba tomado por una dicha inexplicable. Nunca había hablado de esto con el Gringo. Tal vez su patrón no lo hubiese entendido, aunque no era por eso que callaba sino porque sentía que por una vez tenía algo para él solo. También, algunas veces, lo asustaba. Eso tan grande y poderoso e imposible de explicar: ¿qué debía hacer con eso?

El Reverendo había llegado hasta allí para ayudarlo, a él podría entregarle su secreto.

De repente deseó que el Gringo no arreglara nunca el auto y que el hombre y su hija se quedaran con ellos para siempre. ¿Qué iba a ser de él cuando se marcharan? No era un changuito para correr detrás del coche, berreando, como lo había hecho atrás del camión que se llevó a su madre.

—¿Me das una vueltita?

La voz de Leni lo sobresaltó. Vio el rostro de la muchacha asomarse del lado del acompañante. Sintió que toda la sangre se le iba a la cabeza como si lo hubiesen agarrado con las manos en la masa.

Sin esperar invitación, ella se agachó y entró, sentándose sobre el asiento descuajeringado. Las rodillas le quedaron a la altura del pecho.

Dos perros se colaron por el agujero de la luneta y se ubicaron en lo que quedaba del asiento trasero.

Debajo del chasis crecía un pasto amarillo y tierno. Leni se sacó los zapatos y hundió los pies en esa manta fresca.

El parabrisas todavía conservaba algunos pedazos de vidrios astillados en los bordes metálicos. Los limpiaparabrisas estaban suspendidos en el aire. Parecían las antenas de un insecto gigante cuya cabeza desaparecía bajo el capot.

Adelante había otros pedazos de autos, algunos más deteriorados que el que ocupaban ellos. A Leni se le ocurrió que estaban atorados en un embotellamiento de automóviles fantasmas, en una carretera que conduciría directamente al infierno.

Se lo comentó a Tapioca, pero a él no le causó gracia.

—No me gustaría ir al infierno —dijo con seriedad.

—¿Y adónde te gustaría ir? —le preguntó.

—No sé. Al cielo, capaz. Lo que dijiste en la mesa, de cómo es el cielo, parece un lugar lindo ¿no?

Leni reprimió una risita.

—Pero para ir al cielo primero tenés que estar muerto. ¿Te querés morir vos?

Tapioca movió la cabeza.

—No. Primero me gustaría ver a mi madre.

—¿Dónde está ella?

—En Rosario.

—¿Y por qué no vas a verla? Rosario no es tan lejos de acá.

—No sé dónde vive. ¿Vos conocés?

—Sí. Con mi padre vamos de vez en cuando.

—¿Y es grande?

—Uf, sí. Es una ciudad grande, con edificios y mucha gente.

Tapioca apoyó los brazos sobre el volante. A Leni le pareció que se había puesto triste, quizá pensando en que sería imposible encontrar a su madre en un sitio tan grande. Pensó en contarle que ella también había perdido a la suya, para animarlo, pero a su padre no le gustaría que hablase del asunto con otra gente y tampoco quería ponerse triste.

—¿Sabés qué le pasó a este auto? —preguntó para distraerlo.

—Sí. Un choque frontal en la ruta, con otro coche. El otro quedó hecho un acordeón, vieras. Era un auto nuevito. A los autos, ahora, los hacen de plástico. Este quedó mejor porque es un modelo viejo, más duro.

—¿Y murió alguien?

—No sé. Capaz que tuvieron suerte —Tapioca hizo un silencio—. Si alguien se muere de golpe, en un accidente, ponele, ¿se va derechito al cielo?

—Si era bueno, supongo que sí.

Los dos se quedaron callados. Leni apoyó el brazo en el agujero de la ventanilla y se recostó en el asiento. Sintió los resortes clavándose en su espalda transpirada. Cerró los ojos.

Algún día se treparía a un coche y se alejaría para siempre de todo. Atrás quedarían su padre, la iglesia, los hoteles. Quizá ni siquiera buscaría a su madre. Solamente echaría el auto hacia delante, siguiendo la cinta oscura del asfalto, dejando, definitivamente, todo atrás.

15

El Reverendo detuvo su caminata y se pasó el pañuelo por el cuello y el pecho. El viento no aliviaba; soplaba caliente como el aliento del diablo. Se sentó en el terraplén que formaba la banquina. Los pastos resecos penetraron la tela del pantalón hincándole la carne blanda. Estiró las piernas y apoyó las manos en el suelo.

Con Tapioca todo sería diferente. Él no iba a abandonar al muchacho como el Predicador lo había abandonado a él. Sería un verdadero guía, forjaría su carácter según la voluntad de Cristo y no la de la iglesia.

En todos estos años había sembrado su semilla en muchos hombres. Hombres buenos como el pastor Zack que hacían lo que podían, mucho más incluso de lo que él mismo había esperado de ellos. Pero todos eran hombres con un pasado, con sus propias debilidades. Debían luchar con ellas a diario, el Reverendo era consciente de ello, se sobreponían con la ayuda de Cristo y seguían adelante, pero todo parecía estar siempre pendiendo de un hilo.

Amaba a esos hombres, benditos sean, sin ellos su obra no podría haber prosperado tanto. A espaldas de la propia iglesia, había formado a sus pastores. Los había buscado en los lugares más recónditos del mapa, allí adonde solo él se atrevía a llegar, en las pequeñas comunidades olvidadas por el gobierno y por la religión.

Había sacado a esos hombres de la miseria humana y los había elevado a Cristo. Confiaba en ellos, pero no se olvidaba de dónde venían. Todos habían sido ovejas descarriadas, pasto del pecado, todos habían vivido su propio infierno personal en la tierra. Jesús corría por sus venas ahora. Sus mentes, sus corazones y sus manos estaban limpias. Eran portadores de la palabra de Cristo y conocían sus responsabilidades. Pero quien se ha dejado tentar por el demonio una vez, puede recaer. El pecado es un tumor que puede frenarse, hasta extirparse; pero una vez que ha colonizado un cuerpo siempre puede dejar una pequeña raíz esperando las condiciones para desarrollarse.

En cambio Tapioca estaba limpio como un recién nacido; sus poros abiertos, listos para absorber a Jesús primero y para respirar a Jesús después.

Juntos harían de su obra, que hasta el momento no era más que la maqueta de un sueño largamente acariciado, algo concreto, monumental.

Tapioca, José, no sería un sucesor, si no lo que él mismo no había logrado ser. Porque el Reverendo Pearson, él lo sabía mejor que nadie, también era un hombre con un pasado y en ese pasado había errores y esos errores volvían de vez en cuando, lo perseguían como una ligera y persistente nubecita de moscas zumbonas. El Reverendo no había tenido a un Reverendo Pearson que lo condujera. Se había hecho a sí mismo como había podido. Pero el muchacho lo tendría a él. Con el Reverendo Pearson de un lado y Cristo del otro, José sería un hombre invencible.

Se puso de pie con dificultad. Se sacudió la tierra y las hebras de pasto reseco de los pantalones y las manos. Necesitaba un baño y ropa limpia y una cama blanda. Ya habría tiempo para eso, más adelante. Ahora debía convencer a Brauer para que lo dejara al muchacho irse con ellos a Castelli. Un par de días solamente, le diría, y se lo traigo de vuelta. Ya se le ocurriría un argumento convincente.

Un par de días serían suficientes para enseñarle al muchacho el destino grandioso que Cristo tenía reservado para él.

Este es el momento de cambiar sus vidas para siempre. Muchos de ustedes se han de acostar cada noche diciéndose: mañana todo será diferente, a partir de mañana voy a tomar el toro por las astas, voy a hacer todas aquellas cosas que vengo postergando desde hace años. Mañana, sí, mañana voy a cambiar el rumbo de mi vida. Mañana voy a arreglar esa ventana que lleva varios inviernos sin vidrios, por donde entra la lluvia, el frío y el calor y las moscas en verano. Mañana voy a limpiar el fondo de yuyos y voy a sembrar semillas para tener verduras que comer este año. Mañana voy a abandonar a este hombre que tengo por marido y no hace más que darme malos tratos a mí y a mis hijos. Mañana voy a hacer las paces con mi vecino, llevamos décadas sin hablarnos y ya no recuerdo por qué fue la pelea. Mañana voy a buscar un trabajo mejor y lo voy a conseguir. Mañana voy a dejar de beber. Mañana. A la noche todos somos optimistas. Creemos que cuando el sol de un nuevo día ilumine el cielo sobre nuestras cabezas, seremos capaces de cambiarlo todo y empezar de nuevo. Pero a la mañana siguiente nos levantamos agobiados, cansados antes de empezar y dejamos otra vez todo para mañana. Y mañana ya no son 24 horas. Mañana terminan siendo años y años de la misma miseria.

Yo les digo: mañana es ahora.

¿Por qué dejar pasar el tiempo, el invierno con sus heladas, el verano con sus tempestades? ¿Por qué seguir mirando la vida desde el borde del camino? No somos reses para mirarlo todo desde atrás del alambrado, esperando que llegue el camión de carga y nos deposite a todos en el matadero.

Somos personas que pueden pensar, sentir, elegir su propio destino. Todos ustedes pueden cambiar el mundo.

Reverendo, tengo el espinazo quebrado de tanto trabajar para juntar una moneda y darle de comer a mi familia; estarán pensando. Reverendo, me he vuelto vieja de tanto parir hijos y agachar el lomo; estarán pensando. Reverendo, estoy enfermo y no puedo conmigo mismo; estarán pensando. El Reverendo Pearson es un imbécil que nos pide cosas imposibles, dirán para sus adentros. El Reverendo viene aquí y nos habla y nos llena de ilusiones y después se va y nos deja solos y tenemos que enfrentarnos a nuestra propia vida, dirán para sus adentros.

Y allí es donde se equivocan. Ustedes no están solos. Nunca van a estar solos si tienen a Cristo en su corazón.

Nunca más van a estar cansados ni enfermos si llevan a Cristo consigo. Cristo es la mejor vitamina que pueden darle a sus cuerpos. Dejen vivir a Cristo en ustedes y tendrán la fuerza, el vigor, el poder de cambiar el rumbo de sus vidas.

Juntos vamos a cambiar el mundo. Juntos vamos a hacer de la tierra un sitio más justo donde los últimos serán los primeros. Y no vamos a esperar al día de mañana. Mañana es hoy. Hoy es el gran día. Hoy es el día de tomar la gran determinación de sus vidas.

¡Abran el pecho y dejen entrar a Cristo!

¡Abran la mente y dejen entrar su palabra!

¡Abran los ojos y miren la vida maravillosa que empieza hoy, aquí, ahora mismo para todos ustedes, benditos sean!

16

El perro bayo se sentó de golpe sobre las patas trase-
ras. Estuvo todo el día echado en un pozo, cavado
esa mañana temprano. El hoyo, fresco al principio,
se había ido calentando en su letargo.

El Bayo era una cruza con galgo y había he-
redado de la raza la elegancia, la alzada, las patas
finas y veloces, la fibra. De la otra parte, madre o
padre, ya no se sabía, había sacado el pelo duro,
semilargo, amarillo y una barbita que le cubría la
parte superior del hocico y le daba el aspecto de un
general ruso. Al Bayo a veces también le decían el
Rusito, pero por el color del pelo nomás. La sen-
sibilidad se habría ido perfeccionando tras décadas
y décadas de mestizaje. O le habría venido sola,
sería un rasgo propio ¿por qué no? ¿Por qué en los
animales ha de ser diferente que en los hombres?
Este era un perro particularmente sensible.

Aunque sus músculos habían estado quietos
todo el día, la sangre que seguía bombeando como

loca en su organismo había ido calentando el agujero en la tierra, al punto de que ni las pulgas lo habían soportado: saltando como los osos bailarines sobre una chapa caliente, se habían largado de este perro a otro perro o a la tierra suelta a esperar que apareciera un anfitrión más benevolente.

Pero el Bayo no se sentó de repente porque sintiera el abandono de sus pulgas. Otra cosa lo había arrancado del sopor seco y caliente y lo había traído de vuelta al mundo de los vivos.

Los ojos color caramelo del Bayo estaban llenos de lagañas, la delgada película del sueño persistía y le nublaba la visión, distorsionaba los objetos. Pero el Bayo no necesitaba ahora de su vista.

Sin moverse de su posición alzó levemente la cabeza. El cráneo triangular que terminaba en las sensibles narinas tentó el aire dos o tres veces seguidas. Devolvió la cabeza a su eje, esperó un momento, y volvió a olfatear.

Ese olor era muchos olores a la vez. Olores que venían desde lejos, que había que separar, clasificar y volver a juntar para develar qué era ese olor hecho de mezclas.

Estaba el olor de la profundidad del monte. No del corazón del monte, si no de mucho más adentro, de las entrañas, podría decirse. El olor de la humedad del suelo debajo de los excrementos de los animales, del microcosmos que palpita debajo de las bostas: semillitas, insectos diminutos y los escorpiones azules, dueños y señores de ese pedacito de suelo umbrío.

El olor de las plumas que quedan en los nidos y se van pudriendo por las lluvias y el abandono, junto con las ramitas y hojas y pelos de animales usados para su construcción.

El olor de la madera de un árbol tocado por un rayo, incinerado hasta la médula, usurpado por gusanos y por termitas que cavan túneles y por los pájaros carpinteros que agujerean la corteza muerta para comerse todo lo vivo que encuentren.

El olor de los mamíferos más grandes: los osos mieleros, los zorritos, los gatos de los pajonales; de sus celos, sus pariciones y, por fin, su osamenta.

Saliendo del monte y ya en la planicie, el olor de los tacurúes.

El olor de los ranchos mal ventilados, llenos de vinchucas. El olor a humo de los fogones que crepitan bajo los aleros y el olor de la comida que se cuece sobre ellos. El olor a jabón en pan que usan las mujeres para lavar la ropa. El olor a la ropa mojada secándose en el tendedero.

El olor de los changarines doblados sobre los campos de algodón. El olor de los algodonales. El olor a combustible de las trilladoras.

Y más acá el olor del pueblo más cercano, del basural a un kilómetro del pueblo, del cementerio incrustado en la periferia, de las aguas servidas de los barrios sin red cloacal, de los pozos ciegos. Y el olor del mburucuyá que se empecina en trepar postes y alambrados, que llena el aire con el olor dulce de sus frutos babosos que atraen, con sus mieles, a las moscas.

El Bayo sacudió la cabeza, pesada por tantos olores reconocibles. Se rascó el hocico con una pata como si de este modo limpiase su nariz, la desintoxicase.

Ese olor que era todos los olores, era el olor de la tormenta que se aproximaba. Aunque el cielo siguiera impecable, sin una nube, azul como en una postal turística.

El Bayo volvió a levantar la cabeza, entreabrió la quijada y soltó un larguísimo aullido.

Se venía la tormenta.

17

El Gringo le dio un giro a la llave y el motor del auto ronroneó como una gata mimosa. Pegó un grito de alegría y le dio dos puñetazos al interior del techo. Salió y se paró frente al capot abierto con las manos en la cintura. No podía sacarse la sonrisa de la boca.

—¿Te creías que me ibas a poder? Tomá pá vos —le dijo al motor que seguía roncando suave y le hizo un corte de manga.

Prendió un cigarrillo y miró para todos lados a ver si veía a alguien con quien compartir la alegría del trabajo terminado.

Nadie. Ni los perros. ¿Adónde se habrían ido? Volvió al coche y metió un brazo por debajo del volante y apagó el motor.

En eso escuchó el aullido, agudo y lastimero, y sintió un frío que le corrió por la espalda.

Perro de mierda. Menudo susto. ¿Qué se le había dado para andar aullando a estas horas? ¿Estaría alzado?

Enfiló para la casa. Ahora sí se iba a sentar, como dios manda, a tomarse todos los porrones que encontrase en la heladera. Nunca le faltaban. Como vivían lejos del pueblo, una vez por semana, venía el de la distribuidora y le dejaba tres cajones llenos. Con el calor había que estar bien provisto. La cerveza era como el agua de cada día para el Gringo. Si se quería poner en pedo tomaba whisky, pero para andar serenito y alegre con la cerveza le alcanzaba.

Emborracharse, rara vez se emborrachaba. Con los años el alcohol lo ponía mañero y peleador. De joven también lo ponía peleador pero entonces todavía se las podía apañar sin problemas, a puño limpio. Pero ahora, de viejo, más vale quedarse en el molde. Las peleas de bar ya no son lo que eran antes. Antes, si la cosa se desmadraba, a lo sumo se dirimía de un puntazo. Pero ahora, cualquier cursiento te sacaba un chumbo y te volaba los sesos, así nomás, por pelotudo.

Si quería empedarse, porque a veces quería, porque es lindo, sobre todo la primera parte cuando uno baila solo de contento, se quedaba en su casa y se bajaba una botella de JB de las que, de tanto en tanto, le regalaba la policía por sus trabajos, de yapa, un premio, por lo voluntarioso. Sacaba la mesa afuera de la enramada, abría una botella y no se levantaba hasta terminarla. Ponía unos chamameses en el grabador y lo llamaba al Tapioca para que se sentara con él. Al chango no lo dejaba tomar whisky, pero le convidaba uno o dos vasos de cerveza.

Al principio miraban las estrellas en silencio, en el resto de silencio que dejaba la música. Miraban alguno que otro auto lleno de changos que pasaban para el baile si era fin de semana; o los camiones que aprovechaban la fresca nocturna para emprender el viaje; o alguna liebre atrevida que cruzaba la ruta y se los quedaba mirando un rato desde la banquina, con los ojos encendidos. Después, aunque nunca recordaba de qué, empezaba a hablar solo. El Tapioca seguía ahí, firme como un soldado, pero capaz que ni lo escuchaba.

Se acordaría de los viejos tiempos. De cuando era joven y fuerte como un roble; de las amanecidas en los bares, de los enredos de polleras. Era pintón, de joven, las mujeres se le servían solas y él era capaz de servir a varias en una sola noche para que ninguna se pusiera envidiosa. Ahora rara vez le entraban ganas. Así como sus músculos se habían reblandecido, tener la pija dura era un ejercicio que cada vez practicaba menos.

Bajarse la botella le llevaba varias horas en las que solo se paraba para hacer unos metros y mear fuera del círculo de la mesa. Al hielo se lo traía el Tapioca y si había que cambiar el casete o darlo vuelta también lo hacía el chango.

Cuando tomaba el último trago, clavaba la guampa sobre la mesa. Al otro día, entrada la mañana, se despertaba en el catre, con la ropa puesta.

Pasó al lado del viejo surtidor y el Bayo soltó un gemido, abandonando su posición de perro aullador sentado, y se estiró sobre las patas delanteras, sacudiendo las ancas.

—¿Qué te pasa, Rusito? ¿Andai enamoráu? —dijo acariciándole la cabeza, siguiendo hacia la puerta abierta.

18

Cuando el Gringo volvió a salir, vistiendo una camisa limpia y con una botella de Quilmes fría en la mano, estaba oscureciendo.

No habían pasado más de unos minutos.

—¿Qué mierda? —dijo asomándose fuera del porche. El cielo estaba cubierto de nubes grises, gordas, pesadas. Llenas de viento y de rayos y, en el mejor de los casos, de lluvia. En un santiamén se había armado la tormenta.

Si no fuese porque tal vez trajera agua y hacía falta, el Gringo la hubiera cortado como le había enseñado su madre, porque pintaba fulera la cosa. Ella le había transmitido el *secreto* antes de morir. A campo abierto y apuntando al frente de la tormenta, se clava el hacha formando una cruz tres veces, en el último golpe se deja también el hacha metida en la tierra. Parecerá mentira para quien nunca lo vio, pero el cielo se abre, la furiosa tormenta se transforma en un viento revoltoso, pasajero. La tormenta se aleja, con la cola entre las patas, hacia un sitio donde nadie conozca el *secreto*. Pero, quien lo posea, debe usarlo con precaución. Ahora la tierra estaba pidiendo a gritos por las rajas abiertas un poco de lluvia. No era momento de desviar su curso.

La naturaleza, pensaba el Gringo, tiene el *secreto* que mata todos los secretos que puedan conocer los hombres.

Destapó la botella con el encendedor y tomó un trago directamente del pico. El viento hizo remolinos en la tierra suelta; empezaron a pasar bolsitas de nylon, pedazos de papel y ramitas livianas.

Entre el polvo lo vio al Reverendo bajar la banquina al trotecito. Los perros, de a uno, fueron apareciendo y amuchándose debajo de la mesa para caber todos. Diez o doce, ya había perdido la cuenta de los perros que tenía. Menos el Bayo o Rusito, que se quedó a su lado, con la boca entreabierta, mostrándole los dientes al cielo cada vez más negro, más furibundo.

Al Gringo le dieron ganas de gritar un sapucay. Aunque hacía tiempo tenía los pulmones jodidos, vaya a saber de dónde sacó el aire y la fuerza, e hizo vibrar la tarde oscurecida con su grito. El Bayo, animado, lo acompañó con un aullido largo.

El viento le revolvía los pocos pelos al Reverendo. Se acercó con la camisa ya salida completamente del pantalón, flameando en su espalda, toda desabrochada por la fuerza del viento, mostrando el vientre blanco y velludo.

Sonreía el Reverendo, tenía sus razones secretas para agradecerle a Dios esta tormenta. El Gringo, alegre, le rodeó un hombro y le pasó la botella. Pearson, sin remilgos, bebió del pico y los dos se quedaron poniéndole el pecho a la tormenta que llegaba resollando como un gigantesco, húmedo y tremendo animal.

En eso aparecieron Tapioca y Leni, los dos flacos caminando a duras penas contra el viento, los ojos y la boca llenos de tierra, pero sonrientes; el cabello de la chica hecho un desastre, las polleras levantadas mostrando el nacimiento de los muslos, pálidos y firmes.

Fueron recibidos en el abrazo de esa barrera humana frente a la tormenta en ciernes. Los cuatro levantaron la cara contra el cielo. Nada podía ser mejor en ese instante.

¿Cuánto tiempo duró? Vaya a saber. Fue un momento único y completo donde todos fueron uno solo. La botella pasó de mano en mano hasta vaciarse. Incluso Leni le pegó un beso sin que su padre se opusiera.

Empezaron a caer las primeras gotas, duras y frías. A estas, siguió una balacera y el batallón de infantería corrió a replegarse debajo del porche.

19

La lluvia empezó a caer con una intensidad arrolladora. El porche, construido con hojas y ramas, goteaba a lo largo y a lo ancho, y las furiosas ráfagas de viento también metían el agua por los costados. Sin embargo, los cuatro se quedaron un rato afuera de la casa mirando llover, viendo cómo las gotas no alcanzaban a tocar el suelo que eran inmediatamente absorbidas por la tierra sedienta. Tendrían que pasar un par de horas de lluvia hasta que se empezara a formar el barro.

Leni se rodeó el cuerpo con los brazos. Apenas había descendido la temperatura, pero tenía la ropa empapada y las puntas del cabello goteaban sobre su espalda. No recordaba una tormenta así. Los relámpagos iluminaban el cielo con sus chicotazos azules, dándole al entorno una apariencia espectral.

A unos quinientos metros, en el campo, cayó un rayo sobre un árbol que estuvo un buen rato ardiendo con llamas anaranjadas que se imponían a la lluvia.

Era un espectáculo hermoso. Por momentos, la lluvia se espesaba tanto que la cortina de agua impedía ver el viejo surtidor, distante de ellos unos pocos metros.

Los cuatro estuvieron en silencio, cada uno ocupado en sus propios y secretos pensamientos. Hasta que el Gringo dijo, con voz ronca:

—Entremos.

La tormenta había cortado la electricidad, así que él se adelantó alumbrándose con la llamita del encendedor que titubeaba con el viento y buscó unos paquetes de velas. Encendieron unas cuantas y las repartieron por la habitación. Tapioca entró unas sillas de plástico, las secó y se sentaron alrededor de la mesita de la cocina.

Apareció una gotera en el medio de la pieza y pusieron una olla debajo. El ruido metálico y periódico se escuchaba nítido pese al barullo que metía el resto de la lluvia sobre el techo de chapa.

Los perros se habían acomodado debajo de uno de los catres, menos el Bayo, echado cerca de la puerta.

—Va a ser una noche larga —dijo el Gringo.

Sacó de la heladera unos fiambres, un poco de queso y pan. Tapioca trajo unos vasos y una coca para él y Leni. Los mayores tomaron cerveza.

Comieron callados. La excitación de la tormenta los había dejado hambrientos. A la comunión que se había dado afuera, en la intemperie, le seguía, adentro de la casa, la introspección.

El Reverendo ni siquiera sugirió bendecir los alimentos. Comieron como si volvieran de una jornada dura de trabajo. Hasta Leni, inapetente por regla general (¡cuánto le había costado a su padre meterle algún bocado luego de que dejaran a su madre!), comió a la par de los hombres, contagiada por la voracidad de la tormenta.

Cuando terminaron con todo lo que había, dándose por satisfechos, Leni levantó las cosas, un par de tablas de madera, cuchillos y limpió las migas con un trapo. El Gringo prendió un cigarrillo y ella, compenetrada en el papel de única mujer de la casa, trajo, diligente, un cenicero limpio.

Propuso jugar a las cartas, aunque no sabía ningún juego. Tapioca bajó de lo alto del ropero una caja de zapatos. Adentro había un mazo de naipes, dados, un cubilete y una pila de fotos. Brauer y el Reverendo les dijeron que jugaran ellos. Pearson, por supuesto, despreciaba los juegos de azar, pero, por esa noche, decidió hacer la vista gorda. El Gringo tenía razón: sería una noche larguísima y era mejor que los muchachos se entretuvieran de algún modo hasta que les diera sueño.

Así que Leni y Tapioca se acomodaron en uno de los catres, uno sentado en cada punta y la caja de zapatos en el medio.

El Reverendo y el Gringo se quedaron sentados a la pequeña mesa, enfrentados, las rodillas casi rozándose debajo de la tabla.

Por la ventana entreabierta no se veía nada. Todo estaba completamente negro, excepto en los segundos en los que fogoneaban los relámpagos. Entonces tampoco era posible ver nada. Todo se ponía completamente blanco. El grueso de la tormenta eléctrica había pasado: a los flashes azules, seguía el rugir apagado de los truenos. El viento también había amainado, pero la lluvia persistía, densa, fuerte. La tierra empezaba a saciar el largo verano de sequía y la regurgitaba formando globos de agua que anunciaban que quedaba lluvia para rato.

El Gringo, que desde que empezaran a comer, parecía estar en otro planeta, sacudió la cabeza y dijo:

—¿Le dije que eché a andar su auto?

—No. Qué buena noticia.

—Sí. Lástima que no haya terminado antes de que se descompusiera el tiempo.

El Reverendo sonrió.

—Bueno, mejor pensemos que no habría sido bueno para nosotros que la tormenta nos agarrase en la ruta.

—Es cierto. La hubiesen tenido fulera.

—Vio por qué le digo que el Señor sabe por qué hace las cosas como las hace.

—No vamos a empezar a hablar de dios, Pearson —dijo el Gringo moviendo suavemente la cabeza—. Me faltan dedos para nombrarle casos en los que usted no podría explicarme por qué hace las cosas como las hace.

—Está bien. Usted con sus ideas.

—Sí. Yo con mis ideas y usted con las suyas.

El Reverendo dio un traguito a su vaso. Ahora que el otro había empezado a hablar, no quería que el diálogo se cortara.

—¿Y al final qué tenía el coche?

El Gringo se rio.

—No tengo ni la más puta idea. Metí tanta mano que creo que le hice un motor nuevo, que lo saqué de la nada. La mecánica, a veces, es inescrutable como los caminos de su Cristo —dijo, chicanero.

El Reverendo volvió a sonreír.

—Oiga, Brauer, ¿y qué hacía antes de dedicarse a la mecánica?

El Gringo prendió un cigarrillo y se recostó en el respaldo de la silla. Tiró el humo para arriba. No estaba acostumbrado a hablar de sí. Las conversaciones que mantenía con otros hombres eran actuales, puro presente, y, cuando surgía algún recuerdo, aparecía porque era compartido, del tipo: te acordás esa vez cuando. Los hombres como él no hablan de sus cosas con nadie. Ni siquiera en esos momentos en que bajan la guardia, cuando están en la cama con una mujer. Él no habla de sus cosas con nadie. Cuando está borracho puede ser, pero el único que lo oye es el Tapioca que, con la convivencia, se ha convertido en una parte de sí mismo. Hablarle al chango era como hablar consigo.

Aunque esa noche era diferente. Estaban ahí, atrapados por la lluvia. Y el otro quería conversar. Y estaba bien que fuera así. Acaso se iban a quedar chupando como dos perros, mirándose de reojo. Buscaba conversación. No parecía un mal hombre. Por más que estuvieran en veredas distintas.

—Antes de hacer la conscripción, me tocó en Bahía Blanca, nunca había sentido el frío así, imagínese, de este lado del infierno al otro extremo. Antes, trabajé con mi padre. Teníamos una fonda, en Villa Ángela, frente a la estación de tren. Se trabajaba 24 horas por día. Y en la época de la cosecha, peor. No parábamos. Nos turnábamos para dormir. Mi padre, mi madre y yo, que soy hijo único, y algún empleado que rotaba seguido porque no teníamos suerte; por más bueno que fuese el que llegaba en poco tiempo le agarraba el gusto al trago. Y claro, tanto a su disposición. Mi padre estaba en la caja, mi madre cocinaba y yo y el empleado de turno atendíamos las mesas, despachábamos las bebidas. Desde que pude con el peso de una botella que trabajo. Mi madre siempre quiso una nena para que la ayude en la cocina, pero no tuvo suerte la pobre. Después que nací yo, no pudo tener más hijos. Siempre tuvo ganas de traer una changuita y criarla como propia, en esa época los changarines se venían con la familia, todos trabajaban en los algodonales, cualquiera hubiese dado una hija para que se la críe otro. Muchas mujeres pudientes que no podían tener hijos hacían ese tipo de arreglos. Pero mi padre nunca le permitió. Él decía que la sangre busca la sangre y que el día menos pensado la changuita se volvería con su familia, por más bien que estuviese con nosotros.

—¿Y usted también cree eso? —interrumpió el Reverendo, tal vez pensando en Leni y en su ex mujer.

—¿Qué?

—Que la sangre busque la sangre.

El Gringo pensó en el Tapioca, en lo que la madre le había dicho cuando se lo dejó.

—No sé. Yo creo que uno es el dueño de su destino y que sabe por qué hace lo que hace.

El Reverendo movió la cabeza y lo miró al Gringo.

—Así que tenían una fonda y usted trabajaba con ellos —dijo retomando el tema.

Brauer se paró y cambió la botella vacía por una llena.

—Ajá. Hasta los dieciocho que me tocó la conscripción. Ahí me cambió la vida. Yo nunca había salido del pueblo. Ni tiempo para ir a pescar teníamos. Igual vi de todo mientras trabajé en la fonda. Porque no venían solamente los peones. Mi madre cocinaba muy bien y estaba abierto todo el día. Así como venía el changarín, venían los ingenieros del ferrocarril, de las desmotadoras, los dueños de las tierras, el indio que apenas juntaba dos monedas se las chupaba. El alcohol pone a todos los hombres en el mismo nivel ¿sabe? Una vuelta se agarraron dos ingenieros que trabajaban en la Chaco. Chupaban whisky como esponjas los gringos. Un whisky que era querosén puro, le garanto.

Lo contrabandeábamos de Paraguay, imagínese. Llegaron como amigos y empezaron a tomar. Hablaban en su lengua así que no entendíamos nada. De golpe, vaya a saber por qué, empezaron a discutir. Mi viejo nunca intervenía hasta que la cosa pasaba de castaño oscuro. Pero los gringos estos no le dieron tiempo a reaccionar. De repente uno sacó un revólver y le voló la cabeza al otro. Esa noche, como siempre, todos los parroquianos estaban en pedo, pero le juro que todos se pusieron sobrios de golpe. Se quedaron blancos, sentados en las sillas. Parecían fantasmas. Hasta la brasa de los cigarrillos se detuvo. El gringo que había disparado empezó a temblar como una hoja, quería llevarse el caño a la boca y el temblequeo no lo dejaba. Mi padre lo desarmó. Lo llevó hasta la puerta y le dio un empujoncito. Vaya, mister, vaya para las casas y vea lo que hace; le dijo. Después entró y me mandó a la comisaría. Salí en la bicicleta, aunque le parezca una salvajada, estaba emocionado, me sentía importante con mi misión. Vino la policía y se llevó el cuerpo. Nadie hizo preguntas. Mi madre limpió la mesa de los gringos y los sesos que habían salpicado en el piso. Mi padre dijo: "la casa invita una vuelta a ver si les vuelve el alma al cuerpo". En cinco minutos todo se había olvidado y la noche siguió adelante como debía ser. Hasta chuparon más que de costumbre, creo que para celebrar que esa vez no les había tocado a ellos.

El Gringo se rio. El Reverendo terminó su vaso y lo empujó con la mano para que el otro lo llenara.

—Bueno, ahora le toca a usted —dijo el Gringo entusiasmado; después de todo no era tan malo compartir los recuerdos—. ¿A cuántos hombres vio morir?

El Reverendo apoyó los labios en el borde del vaso y sorbió un poquito de la espuma algodonosa, haciendo un ruidito imperceptible bajo el repiqueteo de la lluvia contra las chapas. Después se pasó una mano por la cara, áspera en las mejillas donde empezaba a insinuarse la barba del día.

—A muchos. Pero todos en su cama —dijo y los dos sonrieron.

Pearson bebió otro trago, ahora sí, hecho el surco en la trinchera de espuma drenó el líquido.

—Aunque, de chico, vi a un ahorcado.

El Gringo echó el torso para adelante, interesado en el relato.

—De niño vivía con mis abuelos y mi madre en la casa de ellos. Mi padre nos abandonó antes de que yo naciera. Pasando el patio, en los fondos de la casa, había una piecita con un baño y mi abuelo se la había alquilado a un conocido suyo. Un hombre mayor, solo, sin familia. Un solterón. Había sido embarcado y tenía una buena jubilación, pero por eso de estar en los barcos nunca había formado una familia. Vivía allí. No teníamos mucha comunicación. Él entraba, salía. Tenía una vida fuera de la casa. Salía mucho de noche y dormía de día. Sospecho que era jugador. Yo sentía atracción por ese hombre que era bastante más joven que mi abuelo, una figura más cercana, por lo menos en edad, a lo que podría haber sido mi padre. Pero al hombre poco le interesaban los niños así que no me daba corte. Mi padre, me enteré años después, también había sido marino así que creo que encontraba cierta conexión por ese lado. Cuestión que yo siempre andaba buscando excusas para ir a su pieza. Aunque más no fuera provocando su enojo: empezaba a patear la pelota contra la pared hasta que el hombre salía en pijamas, a plena tarde, con los cabellos revueltos a mandarme a Dios sabe dónde. Con eso me conformaba, fíjese. Pero a veces también me mandaba mi abuela. Si cocinaba algo especial, siempre hacía un plato más para él y me pedía que se lo alcanzara. Un mediodía mi abuela preparó un guiso que al hombre le gustaba especialmente y me mandó con un plato para el inquilino. Después nos dimos cuenta de que hacía un par de días que no lo veíamos ni sentíamos el olor a colonia inglesa que dejaba en el pasillo cada vez que salía. Fui con el plato caliente entre las manos y golpeé la puerta varias veces. Como nadie atendía, tenté el picaporte. No tenía llave, así que empujé con el hombro. La pieza estaba a oscuras, los postigos cerrados. Apenas entré sentí un olor dulce y repugnante al mismo tiempo, un olor irreconocible. Apoyé el plato con comida en la primera superficie que encontré al tacto. Y, tanteando también, pulsé la llave de la luz. Lo primero que vi, a mi altura de siete años, fueron los zapatos, hechos a medida, lustrosos; seguí mirando hacia arriba, los pantalones del traje, la camisa de seda adentro del pantalón, el saco, el pañuelo en el bolsillo, la soga en el cuello. Por alguna razón, no seguí mirando por encima del nudo si no que volví a los hombros, relajados, los brazos laxos, los puños de la camisa, con sus gemelos de brillantes, cayendo sobre las manos venosas. Retrocedí dos o tres pasos y salí al patio a tomar aire. Sabía y no sabía lo que estaba pasando. Sabía, pero no sabía cómo iba a decirlo. Lo más extraño es que volví a la casa y me senté a la mesa y comí todo lo que me pusieron en el plato. Cuando terminé el último bocado, vomité todo en el piso. Cuando terminé de devolver le dije al abuelo: vaya a verlo que está muerto.

Pearson terminó su relato y bebió varios tragos seguidos. Sentía la boca seca y las mejillas ardientes. No había pensado en aquel episodio solo Dios sabía desde hacía cuánto. Quizá lo había contado una sola vez, a la madre de Leni, de novios, para impresionarla.

El Gringo también estaba impresionado. Como si ver morir a un hombre en vivo y en directo fuera menos espectacular que encontrar a uno que se había quitado la vida. Ciertamente, eran sensaciones distintas, aunque la pregunta de fondo fuese la misma: ¿por qué se colgó el solterón?, ¿por qué el ingeniero mató al otro ingeniero? ¿Qué es la muerte si no la misma cosa, vacía y oscura, sin importar cuál sea el brazo que la ejecuta?

20

Tapioca intentó enseñarle a Leni un juego simple con las cartas españolas. Pero ella estuvo inmediatamente interesada por las fotografías que había en la caja. ¿Qué puede haber de entretenido en un montón de fotos de gente que uno ni conoce? Pues parecía que la manera de divertirse de las mujeres era un universo desconocido para Tapioca.

De no ser por cuatro o cinco donde aparecían él y el Gringo en el Bermejito, no podía dar cuenta de las demás. Fotos marrones con parientes muertos de Brauer. Una foto de un changuito que podía ser su patrón, vaya a saber.

Leni agarró la foto y la miró y lo miró a Tapioca. No podía ser él porque la imagen tenía más de cuarenta años, pero había cierto aire familiar.

El Gringo y su padre charlaban animadamente. Leni paró la oreja, pero entre la bulla que metía la lluvia y ellos que hablaban bajito, no pescaba nada.

Algo de unos borrachos, de un ahorcado. Al fin y al cabo, los dos parecían entenderse.

Nunca había visto a su padre así. Bebiendo y charlando distendidamente sin nombrar a Jesús a cada rato. Su padre charlando con un hombre común y silvestre le resultaba simpático. Pero ¿qué diría el Reverendo Pearson de verlos?

La mayor parte del tiempo tenía que vivir con su padre. Pero el Reverendo no aprobaría esta reunión, de ningún modo. El Reverendo Pearson habría hecho, hace rato, de Brauer, un hombre converso. Pero su padre solo no podría.

—Señor Brauer —dijo y tuvo que repetir el llamado para que el hombre girase la cabeza—. ¿Este es usted? —preguntó levantando la pequeña fotografía.

Por supuesto, en la penumbra y a la distancia, él no llegaba a ver nada.

—A ver —dijo haciendo un gesto con el brazo para que Leni se acercara.

Ella dejó el resto de las fotos en la caja y se acercó a la mesa. El Gringo tomó el rectángulo de cartón y lo acercó a la vista.

—Sí. Acá debía tener cuatro años —dijo y le pasó la foto a Pearson que la miró y sonrió con ternura.

—Es raro pensar que uno ha sido un chango alguna vez —dijo el Gringo encendiendo un cigarrillo.

—Últimamente pienso mucho en cuando era un niño —dijo Pearson.

—Nunca vi una foto tuya de chico, padre.

—Pues, no sé, debe haber alguna por ahí.

—Y mía, ahora que lo pienso, tampoco.

—Nunca fui muy amigo de las fotografías.

—No me va a decir que piensa que le roban el alma —dijo el Gringo, socarrón.

El Reverendo sonrió y se encogió de hombros.

—¿No hay fotos mías, padre?

—Debe haber, Leni, mañana vamos a ver.

Leni volvió a sentarse en el catre. Si había fotos suyas, si podía encontrarlas, tal vez en alguna estuviese con su madre. Entonces ya no tendría que preocuparse por recordar apenas su rostro, la tendría allí para recuperarla cada vez que su recuerdo estuviera a punto de evaporarse.

—A casi todas esas fotos las tenía mi madre. Cuando murió me las traje, creo que en la misma caja que ella las guardaba. La mayoría ni sé de quiénes son. No sé para qué uno guarda fotos. Después de todo lo único que importa es lo que uno tiene acá —dijo el Gringo tocándose la frente con un dedo.

Se quedaron un rato callados. El ruido de la lluvia, de tan persistente, se había convertido en una parte del silencio.

Pearson pensó que había llegado el momento de decir lo que quería decir. Y lo dijo en voz bien alta para asegurarse de que no solamente el Gringo fuera capaz de escucharlo.

—Sabe, Brauer, me gustaría que Tapioca viniera con nosotros a Castelli.

Tapioca, que estaba jugando un solitario, levantó la cabeza cuando oyó su nombre.

—¿A Castelli? ¿Y qué tiene que hacer el Tapioca en Castelli?

—Serán solo un par de días. Para conocer.

—El Tapioca ya conoce Castelli. Hemos ido un montón de veces. ¿No, chango?

—¿Qué? —preguntó Tapioca haciéndose el desentendido.

—Que fuimos varias veces a Castelli.

—Sí.

—Mejor aún. Podrá mostrarle el pueblo a Leni.

—Vamos, Pearson, qué dice.

El Gringo prendió otro cigarrillo y bebió lo que le quedaba en el vaso.

Ahora Pearson adoptó un tono confidente y bajó la voz para que solamente pudiera escucharlo Brauer.

—Mire, mi hija es una muchacha difícil. No nos estamos llevando bien. Supongo que es la edad, le agarró no sé qué rebeldía conmigo. Está siempre enojada, como reprochándome cosas. Han hecho buenas migas con Tapioca. Créame que nunca se lleva bien con nadie. Me parece que la compañía del muchacho le puede hacer bien. Ya le dije que nunca he visto un corazón tan puro como el suyo.

El Gringo se rio despacito, moviendo la cabeza. Levantó la cara y tiró el chorro de humo hacia arriba. Después corrió la silla con un impulso del cuerpo, las patas de plástico rasparon sobre el cemento. Se levantó y buscó otra cerveza en la heladera. Buscó debajo de la mesada, a tientas, y cargó otras botellas en el congelador. Un acto bastante inútil pues la electricidad seguía interrumpida. Pero todavía quedaba bastante hielo pegado a las paredes y algo iba a enfriar.

Algunas velas ya estaban consumidas y la llama del resto vacilaba llegando al tronco. Abrió otro paquete, siempre tenía un buen acopio para estos casos. La luz, en la zona, se cortaba seguido. Encendió varias y las clavó sobre el resto de cera de las primeras. La luz amarillenta creció de golpe.

Espió por la ventana. Aunque todavía llovía, la tormenta había seguido su rumbo. Dejó una hoja abierta. Ya no había viento, solo una brisa fresquita. Las llamas de las velas oscilaron un momento, con el cambio de aire, pero siguieron firmes.

Empezó a renovarse el aire. Recién entonces se dieron cuenta de que estaba haciendo calor adentro. Las ropas se habían oreado, pero conservaban la humedad pegajosa del encierro.

Brauer llenó los vasos nuevamente. Por su parte, la conversación estaba terminada.

Pero Pearson no estaba dispuesto a dejar las cosas como estaban.

—La compañía de Tapioca será muy beneficiosa para Leni.

—Tenemos mucho trabajo acá, Pearson.

—Serán solo dos días. Se lo prometo. El martes a la mañana lo traigo de vuelta.

—No. No va a ser posible.

Tapioca se había quedado esperando que lo participaran nuevamente de la conversación. Leni, aunque seguía pasando las fotos entre sus manos, también seguía atentamente lo que pasaba en la mesa.

—Para él también será bueno, Brauer. Podrá conocer a otros muchachos de su edad, compartir con ellos. Es un ambiente muy sano. Será como una pequeña vacación.

—Un sitio lleno de changos evangelios, todo el día con Jesús en la boca. Déjese de joder, Pearson.

—Podría ir. Si usted me deja, Gringo —balbuceó Tapioca desde el catre.

Brauer hizo oídos sordos. Ni siquiera se dio vuelta para mirarlo.

—¿Vio? —dijo el Reverendo con una ligera sonrisa.

El Gringo agarró la botella y salió al porche.

21

Atrás suyo salió el Bayo. Se estiró sobre las patas delanteras, sacudió el lomo y dejó escapar un pequeño bostezo que sonó como un quejido. Después se sentó sobre el piso mojado.

El Gringo dejó la botella sobre la mesa llena de agua y asomó la cabeza fuera del techito. Seguía lloviendo. La lluvia había perdido los bríos de las primeras horas. Caía del cielo con monotonía, como quien hace lo que debe hacer, sin apasionamiento. Cada tanto, fulguraba algún relámpago, débil y sin ruido.

La tormenta debía estar ahora sobre Tostado o más lejos tal vez, más al sur, más rápido de lo que cualquier auto moderno podría llegar. Probablemente había llegado con menos fuerza también. Como si se hubiese ido gastando con la distancia recorrida.

Al día siguiente, en la radio no hablarían de otra cosa. Voladura de ranchos, destrozos en los sembrados, animales muertos, víctimas humanas también, seguro. Siempre moría alguien porque se caía algún poste de luz, se cortaban cables, siempre había algún cristiano que estaba en el lugar equivocado en el momento menos indicado. Y más al norte, habría desbordado algún río, habría inundaciones. Siempre era así por acá. Primero el castigo de la sequía, después el castigo de la lluvia. Como si esta tierra no dejara de mandarse macanas y debiera ser castigada todo el tiempo. Nunca le aflojaban la cincha.

El Gringo tomó un trago del pico y respiró hondo. Por fin aire limpio, sin esa tierra seca flotando todo el tiempo. La tierra se le metía a uno en las fosas nasales y en los pulmones. Por eso él tenía los pulmones podridos, de tanto chupar este polvo de muertos.

A la luz suave de un relámpago, vio el asfalto brilloso, las copas de los árboles lavadas, como recién nacidas, hasta los esqueletos de los autos parecían piezas nuevas, listas para echarse a rodar otra vez en la ruta.

Pero no tenía caso engañarse. A la mañana todo sería igual. El sol picante borraría enseguida todo recuerdo de la lluvia.

Sintió nostalgia. En la oscuridad húmeda, se vio de joven levantando la trompa de un tractor con la sola fuerza de sus brazos o jalándolo varios metros de una cadena gruesa como su pierna, lo arrastraba casi como si fuese un juguete de niño, así de fácil era todo. Se acordó de la colimba, durmiendo con cincuenta muchachos en una barraca que apestaba a macho joven. En pocos años, sería un hombre viejo. No podía hacer nada contra eso, aunque no le gustara la idea.

—Brauer.

La voz de Pearson lo sobresaltó.

—Escúcheme, por favor. Necesito que comprenda.

—¿Qué comprenda qué? ¿Por qué no nos deja en paz?

—Usted no entiende el tesoro que hay en ese muchacho.

—¡Tesoro! ¿De qué habla, Pearson? El Tapioca es un buen chango. Estamos de acuerdo. Es un buen chango y el día de mañana será un hombre de bien. No hay ningún misterio en eso. ¿O sí? Capaz, ahora que lo dice, para alguien que no sea un buen hombre pueda parecer algo extraordinario. Quizás usted no sea tan buen tipo como quiere hacernos creer, Pearson.

—Tapioca es mucho más que una buena persona. Es un alma pura. Ese muchacho está destinado a Cristo.

—Déjese de pelotudeces.

—Le digo la verdad. Créame, por favor. El muchacho está predestinado a grandes cosas.

—¡Grandes cosas! ¿Qué piensa usted que son las grandes cosas, Reverendo? ¿Usted es la gran cosa? Usted se cree la gran cosa ¿verdad? Está meando afuera del tarro.

—Hay destinos más grandes que los nuestros, Brauer.

—Su coche está listo. En cuanto amanezca, no falta mucho, quiero que se vaya. Si no fuera por su hija, hace un buen rato que lo hubiese puesto de patitas en la calle.

—Escúcheme. Yo era un muchacho como Tapioca. Yo era bueno, Brauer, pero fui malogrado en el camino por no tener una guía. Cristo es mi guía, pero a veces no supe entender lo que me decía, por torpeza, por juventud, porque me dejaron solo. Todos a los que yo confié mi vida, me dejaron solo. Querían otra cosa de mí. Cuando lo vi a Tapioca, me vi a mí mismo hace cuarenta años. De repente comprendí que, en realidad, el destino que Jesús me había deparado era encontrar a ese muchacho y salvarlo.

—¿Salvarlo? Déjese de joder. Está en pedo, Reverendo.

—No. Usted no me entiende. José también crio a Jesús, pero supo soltarlo en el momento oportuno. Le estoy pidiendo que tenga la misma generosidad. Usted no tiene ni idea del destino que le espera a ese muchacho. Usted lo va a echar todo a perder.

—Váyase a la mierda —dijo el Gringo y empinó el codo para beber otro trago.

Entonces Pearson lo agarró del hombro. En un acto reflejo, el Gringo le dio un empujón, con la mano libre, abierta, impactó sobre el pecho del Reverendo que trastabilló y cayó sentado. El Gringo soltó la botella, se inclinó y lo agarró del cuello de la camisa. Su primera intención fue ayudarlo, pero una vez que lo puso de pie, volvió a empujarlo y lo sacó a la lluvia.

Pareció que el Reverendo iba a caerse de nuevo, pero pudo mantener el equilibrio. Sin pensarlo apretó los puños y saltó sobre Brauer. Al Gringo lo agarró desprevenido la reacción del otro, resbaló en el barro y cayeron los dos, encimados. Hizo palanca poniendo las manos sobre el pecho para sacárselo, pero el Reverendo lo tenía agarrado del pelo. Vio la cara desencajada de Pearson, pegada a la suya, sintió su aliento alcohólico y caliente.

—Pelea como una mujer —le dijo burlón, aunque seguía con media cabeza metida en el barro, sin poder zafarse.

El Reverendo le soltó el pelo, avergonzado, y se sentó a horcajadas sobre las caderas del Gringo, tratando de tomar impulso para arremeter con una trompada. El momento de descuido fue suficiente para que Brauer pudiera empujarlo, sacándoselo fácilmente, como a una pelusa.

Ahora sí el Gringo se había encabronado. Se dejó hundir en el pantano del patio hasta que sus pies llegaron a suelo firme. Se puso en posición.

A dos metros, el Reverendo hizo lo mismo.

—Vamos —dijo el Gringo moviendo socarronamente los dedos de una mano, incitándolo—: le estoy esperando.

Pearson veía todo rojo. Corrió hacia su contrincante. Nunca había peleado, así que no tenía ningún plan. El otro lo recibió con un cross en la mandíbula. El cerebro pareció dar un salto adentro del cráneo. Ahora vio todo blanco y, enseguida, cuando llegó la trompada en el estómago, todo negro.

Cuando abrió los ojos, no sabía cuánto tiempo había pasado, vio a Brauer inclinado sobre él, con las manos apoyadas en las rodillas, el cabello le chorreaba agua. Parecía preocupado. Pearson sonrió al tiempo que levantaba los dos brazos, con la fuerza de una grúa, y lo agarró del cuello. El Gringo se echó para atrás, intentando soltarse de la tenaza, y en el mismo impulso puso al Reverendo en pie. Le atinó a los riñones, una zona especialmente sensible del Reverendo. La ola de dolor le aflojó los dedos y liberó al Gringo que caminó unos pasos hacia atrás, masajeándose el cogote con una mano.

Brauer sacó la lengua y chupó el agua que le corría por el bigote. Se rio.

—¿Dónde está Cristo ahora que no viene a salvarle? —gritó.

—No sea necio —dijo el Reverendo en un resuello—: todo esto no tiene sentido. Tapioca vendrá conmigo, le guste o no le guste.

Oír el nombre de su entenado en la boca del otro, avivó la furia del Gringo. Corrió con la cabeza gacha y tumbó a Pearson de un topetazo. El esfuerzo de la pelea le provocó un acceso de tos. Empezó a toser como un poseso, echando flema y babas por la boca abierta que quería meter un poco de aire en los pulmones. Doblado, agarrándose la panza con una mano, aprovechó el último resto de fuerza para patearle las costillas al Reverendo. Enseguida cayó, de lado, tosiendo. Apoyó un brazo para no ahogarse con el lodo y siguió tosiendo un rato hasta que el cuerpo se fue calmando. Entonces se echó boca arriba junto al Reverendo, que seguía quieto, con los brazos a los costados.

22

Tapioca y Leni salieron apenas empezó la pelea, alarmados por los ladridos del Bayo que se había quedado debajo del porche, parado sobre sus cuatro patas. Aunque tenía los pelos del lomo levemente erizados, no había intervenido a favor de su dueño. Se había quedado en su sitio, nervioso como un espectador que sabe que, por más que quiera, no puede trepar al ring y cambiar el curso de la pelea. Solo le queda arengar con sus gruñidos a uno de los púgiles y hacer cortas carreritas de un lado al otro del porche, pero sin salirse del techito de hojas, sin pisar el barro.

Leni y Tapioca tampoco intervinieron.

Ella se cruzó de brazos, muda, y observó el devenir de la lucha. Como quien asiste a la pelea preliminar, sin interés, sin derrochar energías en un espectáculo mediocre, guardándose el fervor para cuando suban al cuadrilátero los auténticos campeones. Sin embargo, en algún momento, empezó a llorar. Solo lágrimas, sin sonido alguno. Agua cayendo de sus ojos como agua caía del cielo. Lluvia perdida entre la lluvia.

Tapioca se puso las manos en los bolsillos del pantalón. Estaba alterado y se apoyaba ora en un pie, ora en el otro. Temía que el Gringo y el Reverendo se hicieran daño. Pero sabía que no podía intervenir. Esto lo excedía aunque él fuera la excusa. Era cosa de ellos, no tenía, realmente, nada que ver con él. En el fondo, no les importaba lo que él quería.

Y lo que él quería, mal que le pesara al Gringo, tenía que ver con lo que el Reverendo le prometía. Y no porque se lo hubiese prometido, sino porque su interior se lo mandaba. Era la voz que lo llamaba al lado de Cristo. La misma que había escuchado en las entrañas del monte y durante la noche, en su catre, mientras el Gringo dormía y él se quedaba con los ojos abiertos. Esa voz que recién ahora podía interpretar.

Los muchachos y el perro observaron el intercambio de golpes, los revolcones en el barro, las vacilaciones de los reflejos embotados por el alcohol y la falta de entrenamiento. Los vieron derrumbarse en el suelo y quedarse mirando el cielo que iba clareando, que se iba manifestando día tras los velos de la lluvia.

La lluvia, a esa altura perezosa, más una garúa intensa que una lluvia de verdad.

Leni se pasó las dos manos por la cara y salió al patio. El Bayo la siguió despacio, con los músculos duros por la tensión. Meneó un poco la cola y le lamió el rostro a su dueño, que levantó la mano embarrada y la pasó por el pelo limpio del perro. Tapioca también vino detrás y entre los dos ayudaron a los hombres a levantarse.

Adentro, Leni puso la pava al fuego. Estaba tan enojada que se quedó con los brazos cruzados, de pie, dándole la espalda al resto, mirando la llama azul de la hornalla. Se mordía los labios y las fosas nasales le temblaban. Cuando el agua hirvió, el chillido la trajo de vuelta. Se pasó una mano por la frente y empezó a destapar tarros buscando el de café.

—Acá —le dijo Tapioca alcanzándole un frasco.

Tiró un poco adentro de una olla y vertió agua. Inmediatamente la cocina se llenó del olor a café fresco.

La lluvia caía suavemente, casi deshecha ya.

El Gringo Brauer y el Reverendo estaban derrumbados sobre sus sillas, con las ropas mojadas y llenas de barro. Los moretones aún no aparecían, pero cómo les dolía el cuerpo. No estaban para esos trotes.

Pearson se tanteó las costillas, ahí donde había dado la última patada del Gringo, no había ningún hueso roto, pero le punzaba si respiraba hondo. Tenía el labio hinchado y ni la menor idea de adónde habían ido a parar sus anteojos. Despacio, se desabrochó la camisa.

Tapioca les pasó una toalla a cada uno. El Reverendo se cubrió; le parecía impropio estar semidesnudo frente a su hija. Tampoco lo enorgullecía el espectáculo que había dado afuera, Dios sabría disculparlo. Pero no Leni, que ni siquiera lo miraba. Mejor así, podía adivinar el desprecio en sus ojos, pero no estaba seguro de poder soportarlo, no ahora.

El chasquido del encendedor se escuchó con claridad, tal el silencio adentro y afuera. El olor del tabaco se mezcló con el del café que Leni ponía en jarros sobre la mesa.

Tapioca tomó una punta de la toalla que el Gringo se había colgado sobre los hombros y empezó a secarle el cabello a su patrón, con frotes rápidos y firmes. Brauer se sintió viejo o un niño de nuevo, que es parecido, aunque ser viejo no traiga ninguna ilusión, ninguna posibilidad. Nunca había pensado en cómo terminarían sus días; siempre fue un hombre de acción, del aquí y el ahora, nunca lo preocupó el día de mañana. La aparición de Tapioca en su vida quizá lo había despreocupado del asunto. No lo sabía. Pero ahora, mientras el chico le fregaba la cabeza con la toalla, mientras se sentía empequeñecido con sus cuidados, entendió que el chango era un hombre y que tenía derecho a andar a su aire como él lo había hecho a su edad. No podía interponerse en el curso de las cosas, a eso lo tenía claro.

—Me voy a Castelli —la voz de Tapioca sonó firme.

El Gringo asintió.

Pearson sonrió para adentro y tomó un sorbo del café caliente y amargo. Tranquilo, pensó, la soberbia es un pecado tentador.

—Y yo me quedo acá —la voz de Leni sonó chillona y alterada. Los tres la miraron y ella se puso colorada. No sabía por qué había dicho semejante cosa. Tenía mucha rabia y quería castigar a su padre y dijo lo primero que se le ocurrió. Ahora no podía echarse atrás, así que irguió la cabeza y repitió:

—Me quedó acá… un tiempo.

De golpe se acordó de su madre corriendo atrás del auto como un cachorro abandonado. El Reverendo Pearson, su padre, aquella vez había acelerado y ni siquiera había mirado por el espejo retrovisor para echarle una última ojeada a quien fuera su esposa y madre de su hija. Sabía que él podía hacerlo otra vez, con ella, y tuvo miedo.

—No digas estupideces —la cortó él, en seco.

—Eso, changa, acá no te podés quedar. Yo no tuve… —empezó y se calló el Gringo. No tuve hijos para no tener problemas, iba a decir. Pero nunca supo qué historia le había contado a Tapioca la madre, si el muchacho sabía y se hacía el sota por discreto. Más vale callate, Gringo, no embarrés más las cosas—. Acá no hay lugar para más nadie que yo y los perros —dijo en voz bien alta y lo miró a Tapioca como pidiéndole disculpas.

El chico bajó la vista y sintió que se le hacía un nudo en la garganta. Fue hasta el ropero y empezó a guardar algunas ropas en un bolso. El mismo bolsito con el que había llegado.

23

El coche, enseguida, se convirtió en un punto metálico sobre el asfalto todavía mojado.

No lo vio el Reverendo que conducía, medio echado sobre el volante, el cuerpo dolorido por la paliza, los ojitos miopes sin anteojos. Las ventanillas abiertas entrando el aire húmedo, el ruido del viento y la velocidad ocupando el silencio. Estaba feliz aunque la sonrisa se le perdía bajo el pliegue del labio hinchado. Bendito Jesús, el corazón casi no le cabía adentro del pecho. Apenas apartó la mirada de la ruta un par de veces para relojear al muchacho, a su lado, serio como perro en bote.

No lo vio Tapioca. Sacó la cabeza por la ventana y miró cómo la casa y el viejo surtidor se hacían cada vez más chiquitos hasta desaparecer por completo. Esperó, sin suerte, que en el cuadro apareciera el Gringo rodeado de los perros y levantara un brazo con la mano abierta, que se moviera un poco la palma a un lado y al otro diciéndoles adiós.

Ni su patrón ni los perros, como si la casa donde había terminado de criarse fuese ya una tapera.

No lo vio Leni que apenas subió al auto se echó cuan larga era en el asiento y se cubrió los ojos con un brazo. No sería ella quien mirase por el parabrisas trasero como aquella vez cuando dejaron a su madre, no vería volverse todo pequeño en la distancia. Cerró los ojos y le pidió a Jesús que, si existía, lanzara sobre ella un rayo fulminante. Esperando se quedó dormida.

No lo vio el Bayo, que de un salto trepó al catre de Tapioca y dio todas las vueltas que da un perro antes de echarse y se durmió con el hocico entre las patas haciendo con la lengua un chasquido regular, como si mamara.

Y no lo vio el Gringo que después de dejarse abrazar por su entenado, le pegó dos palmadas en la espalda y lo apartó con firmeza y le dio un empujoncito para que terminara de salir. Tampoco se asomó a ver cómo se iban. Quedaba solo para el trabajo, las borracheras, darles de comer a los perros y morirse. Bastante que hacer de ahora en más. Entonces, necesitaba dormir un poco antes de arrancar.